ラルーナ文庫

転生したらスパダリ王と溺愛生活が待っていた件

相内 八重

三交社

CONTENTS

Illustration

藤 未都也

転生したらスパダリ王と溺愛生活が待っていた件

本作品はフィクションです。
実際の人物・団体・事件などにはいっさい関係ありません。

1

北島来人《きたじまらいと》は歩いていた。

とぼとぼと、軽くもなければ重くもない足取りでさまよっている。

夜の国道沿い。

コンビニもカフェもレストランも途切れ、街灯だけが足元を照らしている。

見慣れない駅の表示が、道の向こうに見えた。

彼は今年で三十八歳の成年男子だ。大手ディスプレイデザイン会社に勤務して十五年。海外事業部を統括する部署の課長として数々の案件に関《かか》わってきた。ようやく仕事中心の生活を省みる余裕ができ、身を固めようと心に決めて、今夜、プロポーズを敢行した。

相手は二十代後半の女子だ。三年前、合コンで知り合った。

スーツの上から斜めに肩掛けした通勤用バッグの中に、給料一ヶ月分にも満たないダイヤモンドのエンゲージリングが入っている。

彼は、指輪を選んだときの高揚感を思い出していた。

そして叫び出したくなる。髪を掻《か》きむしった。

さっぱりと刈り込んだ髪は、清潔感しかない。

黒々とした眉《まゆ》に、ワイシャツの襟が食い込みがちな太い首。

スーツを着た肩も、見た目からして筋骨隆々と逞《たくま》しい。ジュブナイル小説好きの、ひ弱なオタクとして過ごした十代から二十代前半のコンプレックスの反動だ。二十五歳を過ぎて急にボディメイクに励むようになった。元がオタク気質だから、ついついのめり込んでしまう。

彼女との仲も同じだったのかも知れないと思った。

プロポーズのために指輪は用意したが、さすがに花は買えなかった。思い描いた場面は、仕事に追われながらも夢中になったライトノベルのラストシーンだ。主人公は指輪とバラの花束を用意していた。ありがちなプロポーズだから嬉《うれ》しいと言ったヒロインを彼女に重ねていたかも知れない。

バラの花よりかすみ草が似合うと妄想していたこともいまは悲しい。

きょとんと、していた。

大きな瞳《ひとみ》が見開かれ、やがて、それは一種の驚きに変わった。

じわじわと戸惑いが滲《にじ》み、嫌悪と憐《あわ》れみを混ぜた瞳で彼女はまばたきを繰り返した。

キラキラと淡く輝くパールを塗ったまぶたと、くっきり引かれたアイライン。長いまつげが震えて見えた。

「え？　付き合ってないよね……？」

レストランのテーブル越しに、彼女はぐっと肩を引く。

気持ちをすっ飛ばして、相手の身体が『引く』のを初めて見た。

嫌な汗がじわっとワキの下に滲む。

行き場をなくしたダイヤの指輪を、片付けたいのに片付けられず戸惑ってしまう。

付き合っていると、思っていた。

今日は来人の誕生日だ。彼女は自分からスケジュールを空けて、店を指定した。

席に着くと、おめでとうと微笑《ほほえ》んでプレゼントを渡してくれた。

でも、それは来人の手元にない。

いたたまれずに逃げ出した彼女が持ち去ったからだ。

身体《からだ》の関係は少なからずあった。

少なからず。

はっきり言えば、挿入はしていない。でも、それに近いことはいくらもあった。

一緒に食事をして、休日を過ごし、風呂《ふろ》に入ったり、ベッドでいちゃついたり。

結婚したら子どもは何人欲しいか。式をするなら、緑に囲まれたチャペルがいいと笑って話したのは、彼女の方だ。

これを付き合っていると言わないなら、いったい、なにが『付き合っている』ことになるのか。

混乱が収まらず、顔を上げて、車のテールランプを目で追う。交通量は少ない。

携帯電話が震えた。彼女からのチャットメールだ。勘違いを謝ったメッセージへの返信だろうと思い、慌てて開く。

画面に目を走らせた来人の背中に悪寒が走る。ぞくっとした。

信号が青に変わり、横断歩道へ足を踏み出す。

歩いていないと、膝《ひざ》が震え出しそうだった。

文面を何度も確かめる。硬質なフォントが文章を綴《つづ》っていた。

『あのガチムチオタク、まじでキモい。勘違いしてゴメンね、だって！　おっさん、顔見てから来いってハナシ。ダイヤはもらっても、よかったかも』

誰《だれ》に送ったメッセージなのか。それはわからない。しかし、蔑《さげす》まれているのは、明らかに自分だ。

膝が笑いそうになり、震える息を、なんとか吸い込んだ。

パッと視界が明るくなる。ライトのまばゆさに驚いて振り向く。
ドンッと大きな音がして、身体が浮き上がった。
見えたのは、星のまばらな都会の夜空だ。
走り去るテールランプが視界の端に消える。
携帯が手から飛んでいき、身体が地面に叩《たた》きつけられた。

＊＊＊

息をするだけで苦しい。
肺が痛い。肩も痛い。腰も痛い。指は動く。足先も動く。
やっぱり、胸の辺りが猛烈に痛い。
肋骨《ろっこつ》が折れたかも知れなかった。
でも、それで済んだのなら、不幸中の幸いだ。
激しい痛みに悶《もだ》えることもできず、細い息を震えるように繰り返し吐く。
吐けば、息が入ってくる。
不思議と、物音を感じなかった。

人通りの少ない道だが、そのうち、車が通るはずだ。

薄暗がりの中だから、今度は轢《ひ》かれてしまうかも知れない。

恐怖を感じて、身体をひねった。

道の端に逃げようとして、思いのほか、暗いことに気づく。目が見えなくなったのかと恐怖を覚え、仰向けに転がった。

身体中に痛みが走り、呻《うめ》きながらまぶたに触れる。指でごしごしとこすった。

頭上に星が見える。真っ暗な空に、砂を撒《ま》いたように星が輝いている。

どうにもヤバイと感じた。これはもう、死んでいるかも知れないと思った。

大都会ではないが、田舎でもない。こんなにたくさんの星が見えるはずはない。

細い息を繰り返し、視線を巡らせる。心臓が早鐘のように鳴り響き、死んでも心臓の音は聞こえるのだろうかと不思議に感じた。

やがて目が慣れて、周りが見えてくる。

木が生えていた。道路はどこにもない。

視界は狭く、夜空は重なり合う木々のほんのわずかな隙間《すきま》に見えていた。

風が静かに吹き抜ける。木々はかすかに揺らいだ。

葉擦れの音が、人のささやきに聞こえたが、恐怖は感じない。そんな余裕もない。

国道沿いの横断歩道で車に跳ね飛ばされた自分が、どうして、こんな山の中にいるのか。

しばらくは、小さい星空だけを一心に見つめた。

やがて呼吸が整い、痛みが緩和されていく。

月が辺りを照らしていた。

片側の闇《やみ》が岩肌であることにも気づく。身体の下には草が生えている。

指で揺らして長さを確かめ、ぎゅっと摑《つか》んで引きちぎる。

顔のそばに持ってくると、生々しい植物の匂《にお》いがした。

「……生きてる」

身体がぶるっと震え、肋骨に痛みが走る。

折れていると思ったが、痛みは奥歯を嚙《か》むだけでこらえることができた。

激しく打ったのか、ヒビが入ったのか。

どちらにしても『重体』ではない。

呼吸を整え、身体を起こす。痛みで息が止まりそうになり、またしばらく息を整えた。

今度は、ゆっくりと立ち上がってみる。

痛む肋骨を手のひらで押さえて、顔をしかめた。

よた、よた、と歩く。靴の裏に、草を踏む柔らかな感覚がある。

近くの木に手を伸ばし、もたれかかって休んだ。

「テレポート、かよ」

悪態をついただけで骨が痛み、重いため息をつく。

確かに、町を歩いていたはずだ。こんな山奥にいた覚えはない。

夢だとは思わなかった。なにもかもがリアルだ。

とにかく人を探さなければならないと思った。

人と会えたなら、ここがどこなのかもわかるだろう。

もしも人里離れた山奥だったら、と考え、足がすくんだ。車に跳ね飛ばされ、証拠隠滅のために山奥へ捨てられたという可能性もある。

もしも、野生動物と遭遇したら、素手で戦えるだろうか。

すでにケガを負った身では無理だと悟る。そもそも格闘技の心得がない。身体を鍛えていたのは筋トレが好きだったからだ。

ひたひたと忍び寄る夜の闇に、息を細く吐き出した。

歩くたびに山奥へ迷い込んでしまうのだとしたら、朝が来るまで動かない方がいいのかも知れない、とも思った。

手にしていた携帯電話は車がぶつかった衝撃で飛んでしまったらしい。

肩から掛けていたバッグも見当たらなかった。

服はそのままだが、上着がボロボロに破れている。気温が低くないことに気がつき、このまま寝転んで朝を待とうと決めた。

草の生えている場所へ戻ろうとよろめきながら方向転換をした。そのとき、背にした向こうから、かすかな物音が聞こえた。

人の話し声だ。たまらず叫ぼうとしたが、力を入れると骨が痛む。

声が出せず、ただ耳を澄ませた。

葉擦れの音かと怪しんだが、それは確かに若い男の声だった。

目をこらした先に、ランプの明かりが揺れて見える。

（人だ。人がいる）

逸《はや》る気持ちを抑え、ゆっくりと歩いた。木から木へと注意深く進み、明かりを目指す。

声はどんどんと近くなったが、会話の中身は聞き取れなかった。

日本語ではなく、英語でもない。

まるで歌っているかのような、不思議な抑揚だ。

太い幹の裏に隠れ、そっと覗《のぞ》き込んでみる。

細い木の間に、男たちの姿が見えた。

男は二人いた。暗がりの中では、他に人間の影は見えない。ひとりは明るい髪色で、背中を向けている。もうひとりは顔が見えた。

頬《ほお》からあごにかけて、ヒゲが生えている。

鼻が高く、日本人ではなかった。その男が話し出す。

声は背中を向けている男より低く、笑い方がどこか卑屈だ。

また風が吹く。今度は強い風だった。

ざわざわと木の枝が揺れ、溜《た》まった水滴が落ちてくる。

「わぁっ！」

緊張していた分だけ、驚いた。

思わず声を出してしまってから、自分の口を手で押さえた。

男たちが色めき立つ。

逃げようと思っても、機敏には動けない。大きな声を出しただけで肋骨辺りに痛みが走る。だから、すぐに見つかってしまう。背中を向けていた男が駆け寄ってくる。

やはり鼻筋がすっきりと高い。眉を吊《つ》り上げて迫ってくる。衣服は見慣れないものだった。まるで古典演劇の衣装のようだ。

勢いに圧倒されて後ずさった足が、木の根の上で滑った。

そのまま仰向けに倒れると、衝撃的な痛みに全身を襲われ、一瞬、息をするのも忘れてしまう。喉《のど》が引きつり、細い悲鳴がかすれる。

かろうじて無事だった肋骨が折れたと思った。

その瞬間、視界が黒く塗りつぶされ、気を失った。

＊＊＊

歌う声が遠くから聞こえ、ぼんやりとまぶたを開く。

部屋の中だ。ベッドの上で横たわっている。寝起きの頭はなにも考えていなかったが、やがて、次々に思い出した。

事故に遭ったこと。

目が覚めたら森の中にいたこと。

妙な格好の、見知らぬ男たちに見つかったこと。

なにげなく視線を向けると、石壁の部屋の中には二人の人間がいた。

ひとりは森の中で見た男に似ている。髪色の明るい、若い男だ。

体格はすらりとしていて、腰高で、足がすっきりと長い。

着ているのは洋服だが、中世ヨーロッパのイメージだ。細いズボンに足の付け根まであるシャツのウエストを紐《ひも》で絞っている。

もうひとりは、絵に描いたような『悪い魔法使いのおばあさん』だった。

全身を包む黒いケープとフード。見えている顔はしわくちゃで、細く突き出た鷲鼻《わしばな》は、先端が折れて見えた。

話す声も低く、しわがれていて、低いトーンで歌っているように聞こえる。それが薄気味悪い。

観察されていることに気がついたのは、そのおばあさんだった。

細長い指で指し示すと、そばにいた男が振り向いた。若々しく凛々《りり》しい顔立ちが近づいてきて、顔を覗き込まれた。

話しかけられても言葉がわからない。

しかし、心配しているらしいことは、雰囲気でわかる。

「あの……、言葉が……」

声を出した瞬間、自分の喉に手を当てた。肋骨に痛みが走ったが、

「あれ?」

もう一度、出してみる。その声は若かった。そして、わずかに高い。

（俺の声じゃない……）

「あー、あー……。どうして」

ぼそりとつぶやき、胸の痛みに耐えかねて浅く息を繰り返す。

男がなおも顔を覗き込んできた。

憐れむような目は優しい。そっと前髪を撫《な》で上げられた。

男相手に優しすぎて気味が悪い。

すると、おばあさんが二人の間へ手を差し込んできた。低い声で歌い、男を部屋から追い出してしまう。

「あんた、飛んできたんだろう」

「言葉……」

ハッと息を吸い込む。

二人きりになった部屋で、おばあさんは日本語を話した。

ところどころイントネーションがおかしいが、言っていることは問題なくわかる。

言葉が通じることの喜びに身体が震え、涙がじわりと視界を揺らす。

おばあさんは冷たい笑みを浮かべ、低くしわがれた声で言った。

「あたしは、ヘルヤールだ。ここじゃ、錬金術師という意味だ」

「俺は……」

曲がったままの指に止められた。

「名前なんてどうでもいい。頼られても無駄だからね」

顔の見た目のせいなのか、言葉はストレートに嫌味だ。

「あたしたちヘルヤールは、ひとところに長くいられない。あんたたちは、さっきの男もそうだが、生まれてずっと年を重ねていくだろう。それが横へ流れる時間軸だとすれば、あたしたちはこのままの姿で縦に時間を流して生きている。どの時空の言葉もわかるし、文化も知っている」

「あの……、ここ、どこなんですか」

「質問なんて意味はない。知りたいことはわかっているからね。あたしもあんたがどこから来たのかはわからない。だが、ここことは違う世界だ。この世の中にはいくつもの横線が流れている。あんたは、おあいにくさまだがね。そのどこかから、ここへ飛んできてしまったんだ」

口調は淡々としていた。同情のかけらさえ感じられない。

「おそらくもう帰れない。あたしたちと違って、あんたたちが時空を飛ぶのはごく珍しい。二度目があれば、魂が朽ちるだろう。元へ帰るより、ここで生きていく術《すべ》を見つける方がたやすい。あたしが言えるのはそれだけだ」

「……たぶん、死んだんだ」

ぼそりと言って、身体に掛けられている布を握りしめた。

向こうの世界で車に撥《は》ねられ、そして飛んできた。

アニメやライトノベルの異世界モノではよくある話だ。この頃の流行なら、チートな能力を手に入れるはずだが、そう簡単ではないだろう。

まず、言葉も通じていない。

「あんた、姿はこのままかい」

ヘルヤールが部屋を歩き回り、丸いものを胸に抱えて戻ってくる。鏡だ。ランプの明かりを柔らかく反射している。

「え……っ、たぁ……」

鏡に映った姿に驚いて飛び上がろうとした瞬間、身体に激痛が走った。のたうち回るにも痛くて動けない。

「うぐぐ」

若く澄んだ声で呻き、肩で息をしながら痛みをやり過ごす。ヘルヤールはあきれた顔で意地悪く笑うばかりだ。

鏡に映されたのは、見たことのない人間だった。

男か、女か、一目にはわからない。しかし、股間《こかん》にはついいていて、胸はない。

（……男だ。マジか……）

黒くつやつやとした髪は肩につくほど長く、濡《ぬ》れたように見える瞳も黒。まぶたのふちには、まつげがびっしりと生えている。年齢は二十代前半で、どこか物憂げな美青年だ。

（すげぇ……。けど、チート能力の方がよかった）

鏡に映る自分に見惚《みと》れながら、考える。

（いや、待てよ。これからチートに目覚めるワンチャンスもあるかも……）

「そんなものは、あるわけがないだろう」

心で考えたことに、答えが返る。目を見開いてヘルヤールへ向けた。

「これまで、なにをやってたか知らないがね、生きていくためには、それなりに努力が必要だ。その顔かたちを幸運にするか、不運にするか。生き方は自分で選ぶんだよ」

言われて初めて、女性めいた美形の危うさに気づいた。

さっきの男がいい例だ。

心配そうだったのも、優しげな手つきだったのも、この顔立ちだったからだろう。

森の中から救出してくれたのも同じ理由に違いない。

（ケツを狙《ねら》われてるって、ことか……。マジか……）

相手も決して、不細工ではない。でも、男だ。

「あたしはケガ治しの薬を持ってきただけだからね。美味《おい》しくはないかも知れないが、骨から治せる良い薬だ。心してお飲み」

そう言うと、やはり意地悪く、ひっひっひっと笑う。ついでに痰《たん》を喉に絡め、ゲホゲホとえずいた。

（死にたいとか、思わなかったらよかったのかもな）

ヘルヤールの曲がった腰を眺めながら、ぼんやりと考えた。

付き合っているつもりの女に振られ、しかも勘違い男と罵《のの し》る間違いメールを受け取ったのだ。あの一瞬、確かに消え入りたいほど恥ずかしかった。

惚《ほ》れていた女の横顔がふっと脳裏に甦《よみがえ》る。

恋い焦がれた清楚《せいそ》な顔立ちよりも、何倍も何十倍も美しく生まれ変わってしまった。

（どうせなら、イケメンの男がよかった、な……）

「なにをクソ生意気な。おまえは欲が深い。動物でなかっただけ、よかったと思え」

（え。それもあり……？）

「心で話すな！　おまえたち年齢を重ねる存在は、どこへ行っても、ヒトならヒトだ。おまえの薬は、よく効くようにしておいてやる」

ヘルヤールはふんっと鼻を鳴らし、部屋を出ていった。


それきり、ヘルヤールの姿を見ることはなかった。残されたのは、痺《しび》れるほど苦い、胃に入ると吐き気がする『良薬』だ。

最初のうちは飲むだけで死ぬと思った。一度目で動かなくても続いていた疼《うず》く痛みが消え、三度目からは身体を動かしても鈍く響く程度の痛みになった。

ただ、飲んだ後はもう、半日動けない。

嫌な匂いが鼻を突き抜け、脳まで痺れる。

身の回りの世話をしてくれたのはのんびりとしか動けない老婆だったが、あの若い男は毎日、二回も様子を見に来た。

会話はままならないから、主にジェスチャーで意思疎通をはかる。調子の良し悪しぐらいは伝えることができた。

彼の名前は『フェルディナンド』だ。

間違っているかも知れないが、そう発音するとうなずきが返ってきた。

そして一週間。悪魔のような良薬を、十四回も飲まされた。

いつまで経っても慣れない味だったが、肋骨の鈍痛は残らず消えた。叩いても痛くない。

しかし、歩くことは不便だ。

横たわっていることが多かった上に、前の身体とは違ってすべてが華奢《きゃしゃ》だ。体力もなさそうだった。

ベッドの上部に積んだ枕《まくら》に背中を預け、老婆の歌うような声を聞いていると、フェルディナンドが部屋に入ってきた。

礼儀正しくノックもするし、一礼も挨拶《あいさつ》も忘れない紳士だ。

なにを言っているのかはわからないが、とにかく歌うような口調だから耳に優しい。

フェルディナンドはにこやかに窓へ近づく。ガラスの扉を上に押し上げる。部屋の中へ空気を入れて、開いた窓の向こうを指差しながら「外」と言った。

単語ぐらいなら聞き取れる。指差し会話で、身近なものから少しずつ覚えた。

向こうの世界でも、英語は習得していたし、仕事で使うこともあった。

教科書も辞書もない独学だが、その気になればなんとかなるものだ。元々、オタク気質なので、新しい設定を習得すると思えば苦にもならない。

なにかに必死になっている方がよかった。いままでの暮らしについて思い出しても、帰りたいと感じてしまえば苦しい気持ちしか生まれない。勘違いの恋も勘違いのプロポーズも忘れて、まずは語学習得だけを目標にすると決めた。

パニックになっても、鬱々《うつうつ》としても、なにひとつ先には進まない。

フェルディナンドの誘いにうなずいて了承の返事をする。老婆の手を借りて立ち上がると、膝が笑った。がくがく震えてしまう。

筋力が極端にないからだ。

鍛えた自分の身体が恋しくなり、努力して奮い立たせている気持ちが萎《な》える。惜しんでも現状は変わらない。

けれど、目を閉じて眠る前にはいつも、なにもかもが夢だったらいいのにと思った。しかし目が醒《さ》めても、見えるものは慣れ親しんだ安普請アパートの天井じゃない。

知らない文化の、見慣れない建築物の中にいるだけだ。

石の壁に、木の天井。

飾られた花だけが、どこかで見たような姿をしている。

「ライラ」

柔らかく呼びかけられ、身体がふわりと宙に浮いた。フェルディナンドに抱き上げられたのだ。

身体をよじって逃げようとしたが、舌打ちに似た音で黙るように促される。ここではそれが、「しーっ」と指先を立てて静かにするのと同じ意味を持っているのだ。

フェルディナンドの腕はしっかりと力強い。身体に回った手が、いやらしく動き回ることもなかった。

「行こうか、ライラ」

言葉の通じないライラの返事を待たずに、フェルディナンドが歩き出す。

彼が発音すると、『来人』の名前は『ライラ』になってしまうのだ。何度も訂正したが、彼には発音できなかった。最後の音を下げることができないからだ。

まるで女性の名前だと思ったが、この世界では特に問題がないらしく、それなら『ライ』の方がいいと訴えても、やはり語尾に巻いたような音が入って『ライラ』と聞こえる。

しつこいやり取りを交わした後で、力尽きてあきらめた。

抱かれたまま、真ん中に長い絨毯《じゅうたん》が敷かれた廊下に出る。人の声も気配もせず、シンと静まりかえっている。そこまでは、知っていた。部屋から覗いても、わかることだ。

しかし、大きな階段を下りた先は知らなかった。

ロビーホールが広がり、開いた大きな扉の向こうに部屋があった。暖炉が見え、布張りのソファが置かれている。

どこからともなく人が現れ、外へ出るための重厚そうな扉が開かれた。
まず見えたのは遠くの緑だ。それから、屋敷の前に作られた噴水が目に入る。
フェルディナンドは静かに歩いた。
階段を下りて、噴水を抜け、開けた視界に向かう。芝は青く茂り、近くには林がある。
遊歩道がくねりながら作られていた。
しばらく行くと、池が見えてくる。
奥行きがあり、両際に生えた木々の緑が映り込んでいる。
晴れた空を映した薄青の水面《みなも》が涼しげに美しい。
フェルディナンドは慣れた足取りで池のそばを歩いた。白い屋根の東屋《あずまや》に入った。
やっと下ろされて、備え付けられたベンチを勧められる。
手を借りてゆっくりと腰を下ろす。座ると、池が一望できた。
フェルディナンドが歌い出し、驚いて視線を返す。
話しかけているのだと、すぐに理解した。
でも、内容はわからない。
わからなくてもいいから話しているのだろう。
ベンチの肘掛《ひじか》けにもたれ、フェルディナンドの歌うような声を聞きながら、きらめく水

面へ目を向ける。

ときどき投げかけられる視線から顔を背けるためでもあった。

相手が醸し出す妙なムードから全力で逃げて、むっすりと不機嫌な振りをした。

あの夜、偶然に出会い、助けてもらったおかげで、こうして生き延びることができた。

恩は感じているが、身体で返すことになってはたまらない。

(身体は男だしな……)

相手を勘違いさせる曖昧《あいまい》な笑みを浮かべることもなく、ただじっと景色を見つめる。

その黒い瞳は憂いを帯び、孤独と絶望と、そしてほんのわずかな色気を秘めていた。

「ライラ……?」

心配そうに呼びかけられても、すぐには振り向かない。

うつむいて、桜貝のような色をした手元を見つめる。骨格は男だ。細くて華奢に見えるが、節くれている。

女の指を思い出し、ぞくりと身体が震えた。

(好きだったのにな……)

勘違いだった恋を思い出し、彼女に会うこともないのだと思い知る。

ガチムチでオタクな冴《さ》えないおっさん。それが彼女からの評価だ。

思い出すと、視界がゆらりと揺れ、涙がぽとりと手の甲に落ちた。

悲しいといえば、彼女よりも親のことだ、と思い直す。

たいした親孝行もできず、三十八歳になるまで独身で、浮いた噂《うわさ》のひとつも流せなかった。

離婚してもいいから、まず結婚して欲しいと言った、無神経な母親の視線を思い出す。

そこそこの学力と給与があっても、結婚できない。それが現代社会だと、何度言ってもわかってもらえなかった。

向こうの世界で事故死しているのなら、バッグの中に入ったままのエンゲージリングを見つけるだろう。振られたことも知られてしまう。

不憫《ふびん》がられるのはたまらないと思ったが、死んだ息子をかわいそうに思うことで悲しみがやわらぐなら、それもいい。振られたことに気づかず、好きになった女がいたと思い込んでくれたなら、なおいい。

風が吹いて、東屋の背後に立つ木々の枝が揺れる。

ざわざわと鳴った葉擦れの音は、暗闇の森の中で聞いたのとはまるで違っていた。

フェルディナンドが目の前でひざまずき、手を伸ばしてくる。

涙を拭《ぬぐ》おうとしていることに気づいて、その手を払った。つんと澄まして顔を背ける。

その頬にも涙は流れていく。

(俺が生きられるのは、もう、ここしかない)

死ねば帰れるとしても、命を絶つような度胸はない。

痛いのはもう嫌だった。

静かに息を吐き出して、自分の拳《こぶし》で涙を拭う。

フェルディナンドがハンカチのように折りたたんだ布を差し出してくる。それも断って、
ライラは大きく息を吸い込んだ。

元の世界よりもはるかに心地のいい空気が、胸いっぱいに入り込んでくる。

水と緑と、花の匂いがした。

2

月日は平穏に流れ、言葉を覚えているうちに二週間が過ぎた。

鏡に映る姿には違和感しかなかったが、ライラと呼ばれる美形暮らしも板についてきた。

単語もかなりの数を覚え、意思疎通に問題はない。

相手からすればたどたどしく聞こえるだろうが、言語習得の始まりはそんなモノだ。

日本語をわざと英語らしく発音して、さらに歌うような抑揚をつけるといいこともわかってきた。歌うような節で単語を連続させるので、接続詞があるのかどうかは不明だ。

世話を焼いてくれる老婆が親切で、話に付き合ってくれるのもありがたい。

外見に似合わない粗雑な振る舞いをすると、悲しげに眉をひそめ、さりげなく直してくれる。大股《おおまた》開きで座らないとか、頬杖《ほおづえ》をついたまま口を開けないとか、そういう程度のことだ。

しかし、おしとやかに振る舞う気は微塵《みじん》もないので、直されてもすぐに元へ戻ってしまう。ライラ自身が、自分の姿を見ることができないのだから、仕方がない。

「パーティーを開くことにしたんだよ」

昼下がりのお茶の時間に、フェルディナンドが言った。

彼は、この世界の貴族で、王の乳兄弟だ。

仕事は、近衛兵の中でも貴族だけで構成されている親衛隊の副隊長。隊長は名の通った年寄り貴族のための栄誉職だから、実質は彼、フェルディナンドがリーダーだった。

親衛隊の任務は、王のそばに控え、護衛することだ。他にも、剣術や馬術の稽古《けいこ》、国内外の視察同行、各自での巡回任務もある。

フェルディナンドは現在、ラレテイ家の領地付近を巡回する任務中で、国民の暮らしぶりを観察して王へ報告するのだ。貴族にとっては、自分たちの領地を管理する仕事も兼ねている。

「なにの、パーティーですか?」

ライラが聞き返すと、知った単語と知らない単語が入り交じった。

「芽吹きを祝う祭りだよ。ミッラーの」

テラスから見える木々を指さし、枝から葉の生えてくるジェスチャーを見せられた。それから、ダンスをするような仕草だ。

「ミッラー?」

首を傾《かし》げて、斜め上を見る。

ライラが身につけているのは、生成りのシャツに焦げ茶色の綿パンツ。ゆったりとしていてリラックスできる。足元は素足につっかけるだけのサンダルだ。木を削り、革が打ちつけてある。

「ミッラーは暑い季節のことだ」

繰り返し発音してくれるのを聞いていると、やがて、『ミッドサマー』に近く聞こえてくる。

「ルブローデの『季節』はふたつ。『芽吹き』と『落葉』。向こうにある高い山を越えた国へ行けば、『静けさ』が加わる」

「よっつ、は？」

「あるとも」

フェルディナンドは嬉しそうに眉を跳ねあげた。

「よっつめは『静けさ』の後に来る『目覚め』だ。そして『芽吹き』がまた来る。ライラ、きみはとっても頭が良いね。もう、だいたいのことはわかっているようだ」

にっこりと微笑みかけられたが、ライラは褒められることにも興味ない振りで視線をそらした。カップ&ソーサーに入れられた、ベリー風味のハーブティーを見る。

この世界にはいくつか国があるらしく、ここはルブローデという名前の国だ。広さは単位が違うので、聞いてもわからない。ようやく意思疎通ができるレベルの語学力になったばかりで、少し込み入った話になると、途端につまずいてしまう。

ただ、生活様式はほとんど変わらなかった。ガスと電気はないが、上下水道は整備されているし、衛生面も悪くない。

独特な習慣もあるが、驚くようなことはほとんどなかった。

衣服も含めて、中世のヨーロッパに近い印象だ。

「相変わらず、つれないんだな。命の恩人に、微笑みぐらい、向けてくれないか？」

フェルディナンドの口調が途端に甘くなる。ライラはうんざりした。

ここで暮らして一週間が経った頃、『飛び出た性器同士ではキスも抱擁もしない』とジェスチャーしたライラに対して、フェルディナンドは力説をふるった。

ありとあらゆるジェスチャーと言葉を使い、ここでは異性愛と同性愛に違いがないということを、しつこく説明された。

その根気強さは、恐れを感じさせるぐらいに熱烈だった。

（ヤリたかったんだなぁ……。いまもか……）

フェルディナンドは基本的に育ちがよく、物腰も柔らかだ。目を欲情でギラつかせたり、襲ってくることはない。

恩を売るような素振りを見せることも、冗談でしかなかった。

「感謝してます」

ライラが答えると、フェルディナンドの表情がパッと華やいだ。

「きみの声は本当に美しい。小鳥のさえずりのようだ」

意味を取ろうと聞き入っていたライラは、歯が浮くようなセリフにがっかりした。

フェルディナンドの話は、真剣に聞くだけ疲れてしまう。大半は口説き文句だ。

「庭で行うパーティーだ。気も紛れるだろう」

「楽しみです」

浮かんだ言葉で適当に答える。まだ難しい言い回しはできない。

ライラが異世界の人間だと見抜いたヘルヤールは、そのことをフェルディナンドに説明しなかったようだ。崖《がけ》から落ちて記憶を失ったと誤解されている。

ヘルヤールと会ったのは、その日限りだ。

もう来ないのかとフェルディナンドに尋ねたが、同じヘルヤールには会えないという返事だった。

嘘《うそ》か本当かはわからない。フェルディナンドの言うことも、ヘルヤールの言うことも。

しかし、この世界で生きていることは現実だ。毎日は変わりなく巡ってくる。

昼下がりになり、空から降り注ぐ日差しは弱まっていた。真昼ほどの強さはない。

この国の夏は、湿気もなく、からりとしていて、三日に一度の割合で降る霧雨が辺りを潤す。

ライラは、その景色が好きになっていた。

＊＊＊

身の回りの世話をしてくれる老婆からは褒めちぎられたが、ライラはパーティー用の衣装に満足していなかった。

フェルディナンドが用意した服は、あまりにもヒラヒラしすぎている。

襟元にも袖にもフリルが施され、下半身はぴったりのサイズで作られたズボンだ。編み上げのブーツには低いけれど華奢なヒールもついている。

鏡に映ったライラは、確かにきれいだった。

しかし、派手すぎる。悪目立ちしそうだと思ったが、衣装を替えたいという申し出は却下された。フェルディナンドの強引さで、夕暮れの庭へ連れ出された。

彼は仕立てのいいロングコートジャケットを着ている。

ガーデンパーティーは盛況だった。テーブルとイスも出されているが、立食のスタイルだ。楽団の奏でる音楽に人々のざわめきが入り交じり、初夏の心地よい夜だ。

次々に招待客を紹介され、教えられた通りに挨拶をする。そのうちに、フェルディナンドの思惑が見えてきた。

記憶を失っているライラを知っている人間がいないか、顔を見せることで確認しているのだ。それはありがたい。もしもライラがこの世界の人間で、魂だけが入れ替わったのだとしたら、生活基盤に沿った生き方も選べる。

フェルディナンドに囲われ続けるよりは、マシな暮らしだろうと思えた。

女性のように優しく扱われ、チヤホヤされるのには慣れない。

「向こうの、テーブルへ」

立て続けの挨拶に疲れ、ライラは、色とりどりのクッキーが置かれたテーブルを指差す。

ライラの腰に、フェルディナンドの手が回った。

ごく当然のようにエスコートされる。

「ひとりで」

と言った先から、笑顔に拒まれる。

「なにを言ってるんだ。わたしが、きみをひとりにさせるわけがないだろう」

顔が近い。

「……平気です」

冷たい視線を投げたが、いつになく頑強な態度でアハハと笑われた。

なんとしても『いい仲』に見せたいのだろう。

ライラの素性を知る目的の他に、自分のものだと知らしめる狙いがある。

欲望が透けすぎていると思いながら、ライラはフェルディナンドに連れられてテーブルへ近づいた。色のついた粉をまぶしたクッキーは、塩味が効いていて好みの味だ。

「やぁ、フェルディナンド。この別荘でパーティーだなんて……、来てみるものだ」

若い男が近づいてきて、フェルディナンドに声をかけた。

二人は気安い仲らしく、肩をぶつけるような抱擁を交わす。引き合わされたが、相手の名前は聞き取れなかった。

同じ親衛隊に所属していることだけ、それらしき単語で理解できた。

「どこで出会ったんだ。みんな、それぱっかり話題にしてるよ。この前まで付き合ってた彼女とはどうなった？」

「あれはすっかり振られたんだ」

フェルディナンドが悲しげな表情を浮かべると、男はにやりと笑って肩をすくめた。

「これほどの美貌《びぼう》と出会えば、心変わりも仕方なしか」

「振られたのはわたしの方だ」

「そういうことにしておくよ、色男が……。王の乳兄弟にして親衛隊。遊んでいても暮らせるのだから、必要なのは眺めて飽きない恋人だ。実にうらやましい」

「そうだろう」

腰をキュッと抱かれ、身体がフェルディナンドの胸にぶつかる。手にした皿からクッキーが落ちそうになり、ライラは慌ててバランスを取った。

ネイティブの口調は、とにかく早い。ライラはところどころ単語を聞き取り、話の筋を想像するばかりだ。

二人を交互に見ていると、フェルディナンドの指に引き寄せられた。

自分を見つめてくれと言わんばかりの視線で覗き込まれ、足のひとつでも踏んでやりたくなる。

友人を前に深い仲を演出したいのだろうが、付き合いきれない。

「疲れました」

じっと見つめ返し、手のひらで胸を押し返す。

「送っていこう」

逃がすまいと掴まれたが、振りほどくまでもなく友人の男が言った。

「おまえはここを離れない方がいい。ジェフロワさまがおいでになる」

「え？」

ライラの手を握ったまま、フェルナンドが大きく目を見開いた。

「お忍びで夜狩りをする予定だったらしい。パーティーの噂が耳に入ったんだろう。彼は隠しておいた方がいいな」

男がグラスを揺らして言うのを聞き、フェルディナンドは会場の隅に控えていた老婆を招き寄せた。

「少し、部屋で休んでおいでよ、ライラ」

男と別れ、ライラを老婆のもとへと促した口調は、わずかに苛《いら》立《だ》って聞こえる。

「どうしたの？」

振り向いて尋ねると、

「いや、招かれざる客だ」

ほんのわずかに口元が歪《ゆが》んだ。印象のいい表情ではない。

よほど気に入らない相手が来るのだと察したライラは、それ以上の詳細を、フェルディナンドには尋ねなかった。

老婆と一緒に屋敷の中へ戻ると、喧噪《けんそう》が遠のき、心が落ちつく。

「窓を、開けましょうか」

楽団の奏でる音楽が聞こえるからと、老婆が気を利かせてくれた。パーティーの様子は見えないが、窓から入ってくる風に花の匂いが混じって心地が良い。

「嫌いな人が来るみたい」

部屋に置かれた肘掛け椅子《いす》に座り、持ってきたクッキーを摘《つ》まむ。

「フェルディナンドさまのですか？　はて、どなたでしょう？」

老婆は穏やかに微笑んだ。

「えぇっと……、ジェ、……ロゥ？」

記憶をたどってみたが、うまく発音できない。

いくつか名前を挙げてくれたが、どれも同じに聞こえた。

「まさか、ジェフロワさまではないでしょう」

「それは、誰ですか」

「この国の王ですよ。十年前、十八歳の若さで王位を継がれた方です。お父上を急な病で亡くされて……。立派な方ですよ。フェルディナンドさまも、親衛隊として忠誠を誓っておられます」

「王さま……」

単語をなぞって繰り返す。意味は知っている。

「その人ではありませんね」

クッキーをかじりながら答え、お茶の用意してくれている老婆にも勧めた。

二人でほのぼのと向かい合っている方が、会話を理解しようと頑張らなくていい分、気が楽だ。

フェルディナンドの思惑にも巻き込まれずに済む。

「ライラは、フェルディナンドさまが嫌いなの？」

老婆に聞かれ、小さく唸《うな》った。

「友達なら、いいのだけど……」

「おやおや、まぁまぁ。あんたの顔で言われたら、フェルディナンドさまもショックだろうね。しばらくはなにも言わないでおいて」

同情するように顔をしかめ、老婆は手元で割ったクッキーを口へ入れた。

しばらくすると、老婆は別の召使いに呼び出された。

ひとりになったライラは、窓辺に近づく。外を眺めた。

夕暮れはとっくに過ぎ、辺りは暗い。部屋からはパーティー会場の明かりさえ見えなかった。

（クッキー、もう少し食いたい……）

見上げた空はすっかり群青色だ。星がきらきらと瞬いている。

老婆はいつ戻るのか、わからない。ひとりで取りに行こうと決めて、部屋を出た。

迷うことなく会場までたどり着く。人が増えたのか、あちらこちらに明かりを吊るした野外会場は混雑していた。人垣の向こうでは、ダンスが始まっている。

眺めてみたかったが、割り込んでいける隙もない。

すぐにあきらめて、手近な深皿を手に取った。木で作られた皿だ。

クッキーはまだたくさん残っていた。大胆に摑んで皿に載せ、発泡酒のグラスを摑む。

さっさとその場を後にした。

部屋に戻らず、池へ足を向けたのは、パーティーの賑《にぎ》やかさのそばにいたかったからだ。

久しぶりに大勢の人が集まっているのを見て、人恋しい気分になっている。

かといって、フェルディナンドとは一緒にいたくなかった。

白い屋根の東屋で、クッキーをかじりながら、ため息をつく。

外見が良すぎるというのも考えものだ。

いまさら美人の苦労を知る日がくるとは思わなかった。

『このまま、ここにいるってのも、考えものなんだよなー』

日本語で言いながら、酒のグラスを摑んで、中身をぐびっと飲んだ。甘い発泡酒だ。花の蜜《みつ》のような香りが鼻に抜ける。

アルコール度数もほどほどに強く、飲み応《ごた》えがある。

『このままじゃ、やられちゃっても文句言えなさそう』

もちろん、そんなことになれば徹底的に抵抗するに決まっている。

でも、キスぐらいは奪われてしまいそうだ。

『冗談じゃない。だいたい、俺は三十八なんだぞ』

自分で言っておいて、ぐったりする。

三十八年間。たいしたことをしてこなかった。人生全般においても言えるが、特に、シモの方での後悔は深い。

（まさか、この顔じゃ女役しかできないってことじゃ……。マジかぁ、それはイヤだな）

と思ったが、

『この顔なら、女も寄ってくるだろ』

思い直して声に出す。

グラスを置いて、東屋を出た。

月夜だ。池の真上に輝いた月は、向こうで見ていたものよりも大きく見える。

この世界は、天動説なのか、地動説なのか。

そんなことを考えながら、池のほとりに近づいた。覗き込んで見ると、東屋に掛けられたランプの明かりで湖面が照らされ、ライラの顔が水面に映っていた。

「女が欲しいなんて言ったら」

フェルディナンドはどう答えるだろう。

性的な欲求不満の解消なら自分が相手をすると言い出しかねない。

もしかしたら、身体だけの関係の方がフェルディナンドにとっては、都合がいいのかも知れない。

本気で男に惚れているとは思えなかった。

お互いに言葉が通じないし、交流と呼べるほどの深いやり取りもない。

好きになることに男女の違いはないと説明されたが、本当に常識なのかも不明だ。騙《だま》され、言いくるめられている可能性もある。

「まぁ、いいけどね」

水面に指先をつっこんで掻き回す。波が立った。どこまでも波紋が広がっていく。

アルコールの酔いが心地よく身体を巡り、ライラの声で日本の歌を口ずさむ。

かつての自分が歌うより、よっぽど上手く聞こえるのだから不思議だ。

一番を歌い、続けて二番を歌う。調子に乗って感情が入り、揺れながら目を閉じる。

泣き出しそうな寂しさを胸の奥に押し込めた。

帰れない事実が、ただ悲しくて、帰ったとしても死んでいるとわかっているから、胸の奥がじくじくと疼く。

最後まで歌い上げ、思いっきり効かせたビブラートを少しずつ小さくした。

ライラの声は理想的だ。こっそり始めた筋トレの甲斐《かい》があり、声量も出るようになった。

満足の笑みを浮かべ、汗でしっとりと濡れた前髪をかきあげる。

そのとき、パチパチとかすかな拍手が響いた。

誰もいないと思って夢中になっていたライラは、小さく飛び上がった。

振り向いた先に、いつのまにか、男が立っていた。

そばに馬がいて、池の水を飲んでいる。

「異国の言葉だな」

柔らかな布地のジャケットを着ている男は、馬の首を優しくポンポンと叩き、歩くように促してライラに近づいてきた。

すらりと背が高い。フェルディナンドと同じか、それ以上ありそうだ。東屋の明かりが届く距離にまで近づいてきたとき、お互いが黙り込んだ。

相手はライラの顔を見て、そしてライラも相手の顔を見て、息を飲む。

男は美形だった。闇にも輝く金色の髪は首の後ろで結ばれている。

ライラとは違い、男性的で凛々しい顔立ちだ。

ルブローデ国の若き君主だと、ライラでもすぐに気がつく。一目見てわかるぐらい、彼は特別に見えた。

「あっ……」

どう振る舞えばいいのかわからずに、後ずさる。

「そなた、名は。わたしの言葉がわかるか?」

声にも強さがあった。すべてがしなやかだ。

こんな人間には会ったことがない。

「ら、らい、ら……」

本名を口にしようとして、舌がもつれた。

「ライラか。良い名だ。どうしてこんな薄暗いところにひとりでいるんだ。ラレテイ家の敷地とはいえ、今夜は人の出入りも多い。そなたのように……」

王は黙り、ふっと微笑んだ。

「失礼した。異国の者よ」

そう言うと、自分の胸に手のひらを当て、背筋をピンと伸ばした。

身長は、ライラよりも頭ひとつぶん大きい。

「我が名はジェフロワ＝バルデュス。ルブローデの王だ」

堂々と言われ、ライラはひざまずこうとした。

正しい作法ではないかも知れないが、彼を前にすると、そうしなければいけないような気分になる。

しかし、膝がつく前に止められた。

「必要はない。ここには身分を隠して寄っている。大仰にはしたくないんだ。……フェルディナンドはどうした」

ジェフロワの声はなめらかに低い。それが歌うように聞こえるので、ライラは言葉が上手く聞き取れずにぼんやりしてしまう。

「逢《あ》い引きの約束でも？」

微笑んだ男の瞳に、ライラが映る。色は碧《あお》だ。

意味がわからず、首を傾げてみせる。

「彼とは、どこで、出会った？」

ジェフロワは腰を屈《かが》め、手話のようなジェスチャーをしながら、ゆっくりと言葉を紡ぐ。

「森の、中で」

「森？　ずいぶんとロマンティックだ」

肩をすくめて笑ったのと同時に、フェルディナンドの声が聞こえた。

「ライラ！　こんなところにいたのか！　ずいぶんと探したんだ……」

林の中から息せき切って駆け寄ってきたが、声はだんだんと小さくなる。

足取りだけはズカズカと大股だ。

ライラの胸の前で腕を伸ばし、後ろへさがらせた。すっと腰を落とす。

「王よ。この者がなにか、致しましたでしょうか。記憶を失い、言葉もわからぬのです。どうぞ、お許しください」

「かまわぬ。ラレテイの別荘に美しい鳥が迷い込んだと噂に聞いて、見物に来たまでだ。よもや、見せびらかすような真似《まね》はしていないだろうな」

肩をそびやかした王が、フェルディナンドに視線を向ける。

「おまえは、すぐに自慢をしたがる」

急に言葉がくだけた。悪い癖だと言いたげな口調に、フェルディナンドはライラを振り向く。弱い微笑みを浮かべ、

「迷惑だったか？」

申し訳なさそうに言った。

「いえ……」

とっさに言葉が出てこず、首を振る。ここでうなずけるほどの強心臓は持っていない。

「そのようなことは勘違いです」

ライラの援護を得て、フェルディナンドは強い口調で抗議した。

王を相手に強気すぎると慌てたのはライラだけだ。

当のジェフロワは肩をすくめて笑う。

「釘《くぎ》を刺しておきたくなっただけだ」

気安く笑って、フェルディナンドの肩を叩いた。

「……感謝いたします。もうよろしいでしょうか。どうぞ、パーティー会場の方へ。みな、喜びます」

話を切り上げ、王を案内しようとしたフェルディナンドの腕が、ライラの腰に回る。ま

るで恋人同士のように引き寄せられ、とっさに飛びすさった。

しかし、池端だ。湿った草に足を取られて身体が傾いだ。

「あっ！」

叫んだ腕を、強い力で引かれる。頰が相手の胸にぶつかった。

スパイスを混ぜた柑橘《かんきつ》の匂いがして、ハッと顔を上げた先に男らしい頰のラインが見えた。

「興を削《そ》ぐつもりはない。今夜はこのまま消えよう……。ライラ、城に興味はあるか？」

抱き寄せられたまま、指先であごを捕らえられ、目を覗き込まれる。

「なにを言って……っ。そんな勝手なことは！」

焦って非難したのは、フェルディナンドだ。騒がしさを疎ましく思ったのか、ジェフロワの眉根にぎゅっとシワが寄る。

「ライラに聞いていているんだ。おまえたちが恋仲なら野暮なことをした」

「違いますっ！」

思わず叫んだ瞬間、

「ライラッ！」

フェルディナンドも戸惑いの声を上げる。

「なにを言っているんだ、ライラ。きみは記憶もなくして……。ジョゼ、冗談はやめてくれ」

「記憶か……」

ジョゼと呼ばれたジェフロワは、小さく息を吐き出し、ライラのあごをそっと指先でなぞった。

「フェルディナンド。おまえだって、いつまでも別荘で遊んではいられないぞ。それとも、彼とここで暮らしながら登城するつもりか」

「問題ないでしょう」

「そんなことは婚約してから言うものだ。ラレティイの次男坊が身持ちの悪いことをするな。父と兄の名に傷がつくぞ」

ジェフロワから解放されたライラは、悔しげに顔を歪めるフェルディナンドを見た。

彼の両腕が伸びてくる。

「そんなことは問題ない。記憶が戻るまで、ここにいてくれ」

両手首を掴まれ、懇願するような目を向けられる。

ライラは戸惑った。彼の思惑は知っている。

時間をかけて距離を詰め、いつかは手に入れようとしている。

それが心なのか、身体なのか、両方なのか、そこは考えたくない。

男同士という以前に、フェルディナンドを恩人以上には考えられなかった。

「……フェルディナンド。みっともないことをするな」

ため息をついたジェフロワが、ライラの手首から指を剝《は》がす。そして、言った。

「王として命じる。『フェルディナンド＝ラレテイ。汝《なんじ》が保護した客人は、いま、このときを以《もっ》て、後宮の客人とする』。書面の必要があるなら、明日にでも取りに来い」

強い口調だ。はっきりと断言され、ライラも戸惑う。

しかしジェフロワは意に介さず、ライラに向かって一礼をした。

自分のみぞおちへ引き寄せる手の動きが美しい。

「城の中は代わり映えがしない。しばらく話し相手になってくれ」

馬へと促され、一歩を踏み出す。

肩越しに振り向いたライラの視界に、ちらりとフェルディナンドの姿が見えた。

怒っているのかも知れなかった。身体のそばで握り込んだ拳が、闇の中でかすかに震えているようにも思える。

しかし、いまここで断れば、『外』を知る機会も失ってしまう。

フェルディナンドに囲われ、パーティーで見世物のように連れ回されるのは楽しいものじゃない。窮屈で自由がなかった。

「フェルディナンド。ありがとう」

とっさに大きな声で言った。

さようならという言葉を、ライラは知らなかった。

軽く手を振り、ジェフロワに言われるまま、彼の膝を台にして馬にまたがる。

乗馬は初めてだから、おっかなびっくりだ。

身体が安定せず、前のめりになる。

「失礼する」

一声かけてから、ジェフロワは馬にまたがった。ライラの後ろだ。自分のジャケットを脱ぎ、ライラの身体の前に回してくる。

「夜にシャツだけでは冷えるだろう。」

そのまま腕を通すと、知らないうちに冷えていた身体が暖かさに包まれた。

背後にはジェフロワの体温が寄り添う。

ライラはホッと息をつき、

「別れの言葉を教えてください」

と聞いた。

「『さようなら』だ」

言われた通りに口にして、無邪気に手を振った。

馬はゆっくりと歩き出す。

「つれないんだな。彼は好みじゃないのか」

ジェフロワに問われ、ライラはうつむいた。

(もしかして、一難去って、また一難、ってやつか)

今度は、王から言い寄られることになるのだろうかと考え、

「男は好きじゃない」

ぶっきらぼうに、はっきりと答えた。丁寧語を使うほどの知識もないが、それでもアプローチに予防線を張ったつもりだった。

＊＊＊

城まではかなりの距離があった。

おそらく一時間近くはかかっただろう。

最後の方は、股関節《こかんせつ》と尻《しり》が激しく痛み、意識が朦朧《もうろう》としたぐらいだ。

馬から自力で降りられず、歩くこともままならない状態になってしまったライラは、ジェフロワに抱えられて部屋に入った。

ベッドに置かれた瞬間、吸い込まれるように眠りに落ちてしまう。

次に目が覚めて一番に、見慣れぬ天井が目に入った。

それがベッドの天蓋《てんがい》だと気づくのにずいぶんと時間がかかる。見慣れない景色だ。

見渡した部屋は、それほど広くない。

細かな模様が織られた絨毯が敷かれ、亜麻色のテーブルセットが置かれている。

くすんだ緑の豪華なカーテンは左右に開かれ、窓辺に置かれたカウチソファがオシャレだ。

夜はすでに明けていた。

日差しが強く、朝でもない。

状況を摑むまでに、さまざまな記憶が甦った。

ひとつひとつは順不同で、別れ際のフェルディナンドを思い出した後で、プロポーズを拒絶されたときの自分を思い出す。

二つの記憶が重なって、胸の奥が重くなる。プロポーズに関しては、最低な記憶だ。しかし、と思ったが、フェルディナンドへの対応としては無難だろう。

(俺は、一緒にベッドに入ったこともない)

そう考えて、深くうなずく。

ひとまず、うまく逃げ出せたのだ。出会ったのが王さまだったのは、幸運だろう。

王の名前を思い出そうとして、すっかり忘れていることに気づいた。

そもそも、フェルディナンドの名前を覚えるのにも苦労したのだ。

酒に酔って数回しか聞かなかった名前なんて覚えていられない。

「……あっ」

布団の中で寝返りを打ったライラは小さく叫ぶ。

身体中がバキバキに筋肉痛だ。身動きするのも辛《つら》く、仰向けになって寝転び、天井を見上げた。

扉をノックする音が聞こえ、声を返す。腹筋も芯《しん》から痛い。

部屋に入ってきたのは、池の端で出会ったルブローデの君主、その人だ。

「身体はどうだ？　あぁ、横になっていろ」

手のひらを向けられ、起き上がろうとする身体を制止された。

王に付き従って入ってきた少年と女性が、壁際に置かれたイスを二人がかりで運んでくる。

美しい織物が背もたれと座面に貼《は》られている一脚だ。

王が腰かけると、女性だけが出ていき、少年は残った。

テーブルに運んだトレイを整理している。乗っているのは食事だろう。

「乗り慣れていなかっただろう。痛みはどうだ。皮は剝がれてないか」

ベッドのそばから声をかけられる。ライラは緊張しながら答えた。

「……問題ありません」

「痛みだけなら、手技《しゅぎ》で落ちつくだろう。リンジェ、こちらへ」

呼ばれた少年がテーブルから離れた。

静かに歩み寄ってくると、王に一礼し、ライラにも頭を下げた。

普通のお辞儀《じぎ》ではなく、胸に手を当て、沈み込む仕草だ。

それがなんとも言えずにかわいらしい。

亜麻色の巻き毛に、ほっそりと長い手足。背はそれほど高くない。

年頃は、十代の半ばだ。

「ライラ、彼はリンジェ。きみの世話係として隣室で寝起きをさせるから、なんでも相談するといい。リンジェ、ライラは慣れない乗馬で筋を痛めている。手技を施すように」

「はい、ジェフロワさま」

引き合わされた少年は行儀よく返事をした。

(手技って、マッサージのことか)

と納得したライラに向き直り、少年はにこりと微笑んだ。

「よろしくお願いします。食事をお持ちしましたので、のちほど」

膝を曲げて沈み込む一礼をして、またテーブルへ戻っていく。

「記憶がないというのは本当なのか」

王に問われ、少年から視線を戻す。

「フェルディナンドはそう言っていたが。異国での暮らしのことは覚えているのか」

「……記憶はあります」

「いつからだ」

「初めから」

ライラの返事に、王は首を傾げた。

「記憶喪失はフェルディナンドの思い込みということか。異国の言葉を話すことは？」

「知ってる、と思います。でも、どうかな。ヘルヤールは言わなかったみたいだから」

「ヘルヤールか」

考え込む仕草をした王は、足を組み、指先で凜々しいあごを支える。

絵になる男だ。長い金色の髪が肩に流れ、座っているだけでも格好がいい。

「俺、違う国じゃなくて、違う場所から来ました」

思い切って言ってみると、王は不思議そうに目を細めた。

「だから異国だろう？」

「違います。階が違うんです。横線が」

ヘルヤールの説明を繰り返そうとしたが、うまくいかない。

「おもしろいことを言うんだな。そこは、どんな国だ。ルブローデとなにが違う？」

「……この国を知りません。でも、馬に乗る人は少ないです」

「移動は馬車か」

「『車』です」

「なんと？」

聞き返され、もう一度繰り返す。

短い単語だが、なかなか聞き取ってもらえない。

「『乗用車』」

単語を長くすると、繰り返す発音はそれらしくなった。

「『ガソリン』で走ります。馬じゃなくて」

「人が引くのか？」

王が目を丸くする。ライラは慌てて首を振った。

「違います、違います。『ガソリン』は人じゃなくて、水みたいな、オイルみたいな」

「それで、どうやって動くんだ？」

「……説明は、別のときでいいですか……」

言葉が足りなくて、会話にならない。

ライラが説明を面倒がっていると察した王は、小さく吹き出した。

「それでもいいが、逃げるなよ」

立ち上がって、顔を覗き込んでくる。身体が近づくことに嫌悪感は覚えなかった。

すべてが自信に溢《あふ》れている王からは、人の弱みにつけ込もうとする卑怯《ひきょう》さがない。

ライラの外見に惑わされることもなく、すべてをおもしろがっているようだ。

「食事の前に少し、散歩をしないか。見せたいものがある」

王に誘われ、「歩けません」と、素直に答えた。

「抱いてやろう」

屈託ない申し出に、ライラは黙って視線をそらした。しばらく考え込む。

「なにが不満だ」

王の声に苛立ちはない。ストレートに問いを投げているだけだ。

「男に抱かれるのは好きじゃない。……なにを見に行くんですか」

ライラの物言いに驚いているのは、テーブルのそばに立っているリンジェだ。

「彼は言葉がつたない。気にするな」

気づいた王が声をかけた。聞き耳を立てたことを恥じ入るようにリンジェがうつむく。

王はライラを振り向き、質問に答えた。

「ふたつ上の階にある物見台だ。王都が一望できる。わたしの街だ。興味がないか？」

「あります」

ライラは即答した。それに対して、王は小首を傾げた。

「抱かれてもいいぐらいに？」

意地悪く言い返してくる。威厳を見せていても、まだ若い王だ。冗談を言いたくなったのだろう。

しかし、中身だけなら、ライラの方が十歳も年上だ。

「王に運ばせるのは、申し訳ない」

負けじと視線を返した。王が肩をすくめる。

「ジェフロワだ」

「じぇ、じぇろ……」

王の名前だと思うと、フェルディナンドの名前のように、それっぽく発音しておくことは気が引ける。

「ジョゼでいい。それなら、言えるか」

短い単語なら、耳に入りやすく、発音もたやすい。

「ジョ、ゼ……？」

「そうだ。子どもの頃の呼び名だ。じゃあ、行こうか」

手を貸してもらってベッドから下りる。服は、疲れて眠った昨日のままだ。ひょいと抱き上げられた。

リンジェが木製の厚い扉を開けてくれる。

部屋の外へ出て改めて眺めると、建物はどこもかしこも、フェルディナンドの別荘とは比べものにならないほど豪奢《ごうしゃ》な造りだった。

廊下は倍の広さがあり、回廊は中庭に面している。すべての雨戸が開け放たれ、甘い花の匂いが満ちている。

どこかから柑橘の爽《さわ》やかな匂いがして、ライラは深く息を吸い込んだ。

それが、ジョゼの匂いだと気づいたのは、階段を上がり、物見台の小部屋へ入ったときだった。ガラス戸を開いて、テラスへ出る。

そこで下ろされた。しかし、前には出られなかった。

想像したよりも高所だ。景色が開けている。ひやりとした感覚を味わい、ライラは恐る恐る身を乗り出した。

眼下に広がるのは、オレンジかかった色の屋根が並ぶ街だ。ところどころに緑地があり、バランスよく開発されているらしい。

「きれいだ」

ライラはうっとりと息を吐き出した。街の向こうには森が広がり、大きな湖がきらめいている。街の水は、そこから引いているのだろう。

「ライラ。本当によかったのか。フェルディナンドのそばを離れて」

肩に手のひらが乗せられる。

フェルディナンドにされたなら、さりげなく逃げただろう。

しかしいまは、好きにさせている。

「フェルディナンドは、恋人じゃない」

首を振りながら訴えると、もう片方の手が、頬に当たった。軽く曲げた指の関節が頬をなぞる。

そこにあるのは支配欲じゃない。

なにかを確かめているような仕草だと思ったが、真意はまるでわからない。

じっと見つめ返すと、ジョゼはすっと視線を逃がした。

「ライラ、きみがいるここは、後宮と呼ばれるわたしの生活の家だ。丘の上に立つ城郭の一画にある。身体の調子が戻れば、また案内しよう」

疲れる前に戻ろうと言われ、また抱き上げられた。軽々とした仕草だ。

そしてやっぱり、柑橘の香りが漂う。

香水だと思いながら、ライラはまた大きく息を吸い込んだ。

不思議と心が落ちつく匂いだった。

＊＊＊

それから数日。

ジョゼは夜になると、ライラが使用している部屋へやってくるようになった。

向こうの世界の話を聞くためだ。

あれこれと質問されるので、答えるのには苦労する。

リンジェに頼んで紙とペンを用意してもらい、日中は自己流の辞書を作ることに熱中した。他にすることもないので、時間つぶしだ。この世界の文字はアラビア文字に似ているが、もっと複雑な形をしていて、覚えるのにも苦労する。

話し言葉と書き言葉は、別の言語系統で発達していた。

そして、後宮と呼ばれる王の住まいには、当たり前のように『声がかり』を待つ美形の男女が働いている。

ジョゼはまだ独身だから、いきなり客人として連れ込まれたライラは噂の的だ。

しかし、あからさまに敵意を示したり、好奇の目を向けられることはなかった。

「『石炭』というものは、火をつけて燃やす石なんだな。燃える石の話は聞いたことがある」

低い声で言ったジョゼは、口元に指をあてがった。

ワイドパンツの片足を膝の上に乗せ、窓辺のカウチで座っている。

生成り色の上着はたっぷりとした袖で、手首の辺りで絞られたデザインだ。

金色の長い髪はゆるい三つ編みで肩から垂れていた。

テーブルを引き寄せてイスに座ったライラは、メモを書きつけてジョゼを見た。

「ルブローデの主な産業は、宝飾品の元となる石の売り買いでしたよね」

「そうだ。高くてくれる国へ直接行くには、もうひとつ、国を横切る必要がある。迂《う》回《かい》すると高い山を越えなければならない。だから、高い通行料を支払っている」

「行って帰ってきたら、二倍ですか？」

「その上、一晩を過ごさなければならない。取り決めだ」

「通行料はどうやって支払うんですか」

「ルブローデの鉱貨だ」

この国で流通している貨幣は、鉱石を薄っぺらくしたもので、国の紋章が彫り込まれている。

国によっては、銅や銀で作られた硬貨を使用し、交換率は三年に一度、取り決めることになっていた。

「この頃は、鉱石の値下がりが進んでいる。珍しい石の鉱脈でも発見できればいいが……。父上の頃からの悲願だな。亡くなられて十年だが、遅々として進まぬのは申し訳のない話だ」

カウチへもたれかかり、肘をついた腕で顔を支えたジョゼは、真剣な目で宙を見据えた。

先王が病で急逝してからの五年は、諸外国への牽制《けんせい》と国内勢力の制圧に費やされたという話だ。

無人の王座にすんなりと座ったわけではないのだろう。

彼が王宮の権力をまとめ上げたのを確認するように、母親もこの世を去っている。

「きみは変わっているな。こんな話、退屈だろう」

あくびをしながら、ジョゼは小さく笑う。

「他に話題がありません」

答えたあとでそっけなかっただろうかと不安になった。

「他の人は、どんな話をするんですか」

羽根ペンの先にインクを吸わせて聞くと、

「そんなことまで書きつけるのか？　ここは後宮だ。わたしとの会話は決まっている。当たりさわりのない天気の話。髪の色、肌の艶《つや》。それから、少しずつ……そういうことだ」

「どういうことですか」

紙にペン先を走らせながら、長く伸びてきた前髪を耳にかけた。

「きみには縁のないことだ」

ジョゼの声が揺らいだ。

眠気が限界に達したのだろう。まぶたがゆっくりと閉じていく。

ペンを置いたライラは立ち上がった。

「……ジョゼ？　眠ってしまったんですか？」

そばに寄ってみると、静かな寝息が聞こえた。起こそうとして肩へ置いた手が握られる。

「このまま、眠らせてくれ……」

そう言いながら、ジョゼはカウチの座面に横たわる。

「ライラさま……？」

続きの間で控えていたリンジェがひょっこりと顔を出した。

「どうしよう。眠ってしまった」

振り向いて言うと、リンジェはサッと部屋に戻り、予備の掛け布団を抱えてきた。

ライラの手は、ジョゼに握られたままだ。

離そうとすると、リンジェに止められた。

「そのまま、そのまま」

ジョゼの身体を布団で覆い、いそいそとイスを引き寄せる。

「眠りが深くなるまで、そうしていてください。ジェフロワさまのお付きの者からも、無理に帰さなくていいと言われています」

「……朝までこのまま？　誤解されるじゃないか」

「明け方には戻っていただいて……」

「なおさら、よくない。でも、まぁ……」

仕方がないとライラは思った。

目を閉じていても、ジョゼの凜々しい眉根にはシワが寄っているのだ。

寝ても覚めても、とは、このことだろう。

休む間もなく、国のことばかりを考えている。

「リンジェ、聞いてもいい？　後宮では、髪の色と肌の艶の話をしたら、あとはどうなるの？」

「……え。それは、その……」

長い手足を持て余すような美少年の頬が赤く染まる。

もじもじするのを見て、ライラは首を傾げた。

もしかして、と思う。

「……あぁ、そうか」

とだけ答えた。つまりは、愛のアプローチが始まるわけだ。

後宮の中の人間は、みんながみんな、ジョゼのことを考えている。

それは、家のためであったり、自分の立身出世のためだったりするのだろうが、とにかく、良くも悪くもジョゼの目に止まり、関係を持ちたがっているのだ。

たった一晩の契りでも、ジョゼほど人格者なら、相手を捨てては置かないだろう。彼の性格の良さは会話の中からも漂ってくる。

だからこそ、ジョゼはいつもひとりだ。

「ライラさまは、ジェフロワさまが、お嫌いなんですか？」

「いや、好きだよ。素敵だと思うし、尊敬もできる。いい王だと思う」

「そういうことではなく……。他の者のように、その……」

「男だしね」

からりとして答えたが、リンジェは納得しなかった。

ライラは苦笑を浮かべて続ける。

「俺の国では、性器が飛び出た同士では恋にならない。……まぁ、俺は特に」

「もしも、ジェフロワさまに望まれたら……。それでも、ですか」

「いや、ないだろう」

笑って答え、握ったままのジョゼの手をポンポンと叩いた。

（あ、いや、そうか……）

前とは外見が違うのだと気づく。

「ライラさま」

いつになく真剣な声でリンジェに呼びかけられる。

「失礼な質問をします。でも、答えていただきたいのです。フェルディナンドさまとは、その、本当に恋人ではなかったのですか。あの……」

「ごめん。はっきり言ってくれた方が助かる。言葉の裏はまだ読めない」

「……申し訳ありません」

「リンジェはなにを心配しているんだ。フェルディナンドだって、男だ。なにも変わらない。もしもそうだとしたら、不都合があるのか？」

「フェルディナンドさまから、王を欺くように命令されていないですか」

「……はっきり言ったな。言いすぎだ」

リンジェは、まだ子どもだ。ストレートすぎる。

もしも、ライラがスパイだったとしても、言いくるめられてしまうぐらいに純粋だ。

つまり、リンジェは純粋にライラを信じている。

だからこそ、言葉にして欲しいのだろう。

「俺は、フェルディナンドのアプローチが嫌でここへ逃げてきた。嘘じゃない」

「ぼくは、あなたを信じます。信じますから、裏切らないでください。ぼくのことも、王のことも。もしも、裏切るようなことがあれば、ぼくは許さない」

凛《りん》とまっすぐな瞳が、ライラを見つめた。

これほど真摯《しんし》な忠告は受けたことがない。

「ぼくは孤児なんです」

リンジェは胸を張ったまま言った。

「ルブローデでは、孤児はすぐに一般家庭に引き取られます。みんな幸せになる。ぼくも、そうでした。でも、三度続けて、養い家族を失いました。ジェフロワさまはご存じです。ぼくは鉱物鑑定ができるので、家庭は、みんな鉱物売買商でした」

「……どう言えばいいか」

「いえ、なにも言わないでください。ぼくは事実を説明しているだけで、同情して欲しいわけではありません」

「じゃあ……、きみが失った家族に……えっと」

テーブルの上に置いた紙をパラパラとめくる。

この国の風俗について書き留めたものを探し出した。

片手の指でなぞりながら、もう一度言った。

「きみが失った家族に、安らぎがあるように祈る。この言い方でおかしくはないか」

「……はい」

素早くうなずいたリンジェの瞳が涙で濡れている。

拭ってやりたかったが、片手はジョゼに握られたままだ。

「リンジェ、こっちへおいで」

手招きすると、恥ずかしがりながら近づいてくる。

顔に手を伸ばすと、向こうから頬を近づけてきた。そこでようやく涙がこぼれ、ライラの指先を濡らす。

「家族の死には、フェルディナンドさまが関係していると、ぼくは思っています」

リンジェが声をひそめた。

「どういうこと？」

「あの人は、見た目や地位で約束されたほど、安全な男ではありません」

ここから先は、深く話すつもりがないのだろう。リンジェはくちびるを引き結んだ。

線を引かれた気がして、ライラも食い下がらなかった。

3

霧雨が去った中庭ほど美しいものはない。

瑞々《みずみず》しい色をした木々は、いっそう枝葉を広げているように見え、花もまた色を強く放っている。リンジェを探していたライラは、回廊の途中で足を止めた。

「どうかなさいましたか」

声をかけられて振り向くと、名前も知らない男がつんと澄まして立っていた。

（男、だよな……）

と思ったのは、外見が女と変わらないからだ。後宮に限ったことじゃない。

この国では、個人個人が、自分の好きな種類の衣服を身につける。見た目のキレイな男女は特に自由だ。

彼はくちびるに紅を差し、耳には豪華なピアスを下げていた。とてもよく似合っている。自分の容姿の特徴をよく知っているのだ。

しかし、なにの仕事をしているのか、まるで見当がつかない。

そういう人間が存在するのも後宮の不思議だ。芸術家や音楽家も多いと聞く。

「リンジェを探しているんですが、見ませんでしたか？　リンジェ＝ヘダー。手足の長い……」

「あぁ、あの子なら向こうで見たけれど。……あなた、ライラって人でしょう。異国から来たとか」

「……はい」

無遠慮な視線で、頭の先から足先までを見られた。育ちのいい人間ばかりが集まった後宮では珍しい、あからさまな検分だ。

「ねぇ、服は誰に選ばせているの？　ここなら、ある程度は自由に服を誂《あつら》えてもらえるのよ。こんなダサい服を着て。みっともない」

ツンケンしているが、悪意はないらしい。

「でも、目立たなくていいのかもね。わたしはリロンザ。服を選びたくなったら声をかけて。居場所はリンジェが知ってるわ」

話したいだけ話して、髪を複雑にまとめ上げたリロンザは軽やかな足取りで去っていく。

ライラは自分の服装を改めて眺めた。

ワイドパンツに、シンプルなＶネックの長着。腰にはサッシュベルトを巻いている。

色はサンドカラーだ。

服は他にも用意されていたが、どれもヒラヒラしていて手を出せない。

確かに、ライラの容姿ならば、どんな服でも着こなせる。

だが、中身が三十八歳のおっさんだと思うと気が重い。

(知らないってのは、いいよなぁ)

中庭のそばから離れ、リロンザが指差した方へ向かった。

そこでまた別の人間を捕まえ、リンジェの居場所を聞く。

今度は二階だと言われたが、行ってみると、一階の端にある部屋だと教えられる。

悪気なく、たらい回しにされながら、ライラは嫌気が差すでもなかった。

他にやることもなく、知っている顔もない。

こうやってリンジェを探していれば、リロンザのように声をかけてくれる人間も増えるだろうと思えた。

言葉を覚えたのだから交流はしてみたい。せっかく手に入れた二度目の人生だ。いつ終わるとも知れないのなら、なおさら、夢の中を漂うように新しい自分でいてもいいだろうと思う。

一階に下りて奥へと向かって歩いた。

後宮から王宮へと続く廊下の出入り口に近づいていることにライラは気づかない。

その方向へ行ったのは一度きりだ。

王宮の中へ入り込んだことに気づいたのは、右も左も見覚えがないと、迷子を自覚したときだった。

困り果てて、人はいないかと身近な部屋の扉をノックする。

鍵《かぎ》はかかっておらず、するりと開いた。

好奇心で覗き込むと、そこは薄暗くほこりっぽい部屋だった。

カーテンの隙間から差し込む光が細い帯になって部屋を横切っていた。

書斎、もしくは書庫だ。

立派な表紙の書物が壁一面を覆い、テーブルにも床にもこぼれ落ちている。

中へ入ろうとしたライラは、おじけづいて後ずさった。

大量の書物を久しぶりに見て、圧倒されてしまったのだ。

物言わぬ迫力に押され、扉をきちんと閉めた。

よろけながら離れ、壁際に手をつく。

ほこりを吸い込まないように止めていた息を吐き出し、大きく深呼吸する。

「ライラ。ライラじゃないか」

呼吸が元に戻るより早く、肩を摑まれた。ハッとして顔を上げる。

久しぶりに聞いた声の主はフェルディナンドだ。

縁取りのついたジャケットをパリッと着こなした彼は、さすがに颯爽《さっそう》としている。見た目はやっぱり男前の部類だ。

「フェルディナンド……」

驚いていると、腕を摑まれ、廊下の隅へと連れていかれた。

窓もなく、人の視界から遮断された場所だ。

いきなりぎゅっと抱きしめられ、ライラは身をよじった。

相手の肩を、両手でバンバン叩く。

「ちょ、ちょっ……」

ハグの風習があったとしても、この男相手では誤解されかねない。

ちょっとした隙も見せられず、ライラは一歩下がった。

せめて人目があればと思ったが、建物はしんと静まりかえっている。誰かが見たら、逢い引きだと思うだろう。

「会いたかったよ、ライラ。もう何度も面会の申し出をしたのに、ジョゼときたら、とりつく島もなくて」

乳兄弟で幼なじみの二人だ。フェルディナンドは友人のように『ジョゼ』と呼ぶ。ライラも許されているぐらいだから、おかしいとは思わなかった。

「そうなんですか。ジェフロワさまは、忙しい人だから」

答えながら、ライラは苛立った。親衛隊なのだから、知っているはずだ。

日々の報告を受け、陳情を捌《さば》き、城下へも足を運んでいる。夜も眠れないほど、国政のことばかりを考えて、国民を案じる、若き王だ。

「お勤めはどうしたんですか？」

ライラはほんの少し声を低くして聞いた。フェルディナンドが肩をそびやかして微笑む。

「終えたところだ。剣術の鍛錬をする日でね」

それなら、ジョゼも一緒だったはずだ。どうせならフェルディナンドではなく、ジョゼに遭遇したかったと思いながら、ライラは息をつく。

「ジョゼに会えると思って来たのか？」

心を見透かしたようにフェルディナンドが言った。

しかし、彼なりの解釈がたぶん含まれている。まるで恋人を探しているように言われ、ライラはつんとあごを反らした。

目を細めたフェルディナンドが、微笑みながら指先を伸ばしてきた。

あご先をかすめるように触られ、ライラは引く。

それを何度も繰り返され、

「ふざけるのは……」

と声を出したところで背中に壁が当たった。

想像するまでもなく、お約束の『壁ドン』だ。フェルディナンドの両手が顔のそばに伸び、ライラを閉じ込めた。

ぐいっと顔が近づき、ライラは間髪入れずにあごを押し戻した。

「イヤ、です……っ。顔が、近い」

睨《にら》みながら言うと、フェルディナンドはふふっと笑う。

「きみは怒っても美しい。……彼とは、まだ、だろう」

「なにの話ですか？」

わかっていても、わからない振りをする。

「心配しているんだよ、ライラ。記憶は戻ったのか。あの日、どうしてあんなところにいたのか……」

「なにも、覚えてません」

答えた矢先から、ライラは疑問を覚えた。

あの夜、どうしてフェルディナンドは、あんなところにいたのだろう。

（あれは、どこだ……。ラレテイの別荘の敷地内だったのか？）

別荘の近くに広がる森の中だとしても、真夜中にわざわざ行くだろうか。月の明かりがあっても、森の中は暗かった。

「ライラ、本当に覚えていないのか」

フェルディナンドに手首を掴まれ壁に押しつけられた。抵抗を封じ込まれる。

「きみがもしも……。いや、そうであれば、もっと別のところに匿《かくま》われるだろうな」

これみよがしな独り言だ。ライラは相手にせず、顔を背けた。

そのずっと先に、生成りのシャツを着た男がいた。

曲がり角をひとつ越えた廊下で、壁にもたれたジョゼがこちらを見ている。

二人がどうなるのか、観察しているのだ。

「ジョゼ！」

思わず声が出た。あまりにも意地が悪い。

男に迫られるのを苦手としていることは知ってるはずだ。

ライラの声に驚いたのは、フェルディナンドだった。王を気安く呼びつけたことに目を見開き、身体を離した。

ライラはするりと逃げ出した。

「黙って見ているなんて、意地が悪いじゃないですか。声をかけてください」

歩み寄りながら言うと、向こうもこちらに向かって歩いてきた。

長い足はゆったりと歩を刻む。

「まさか、ここできみを見るとは思わなくて」

「……早く止めてくれないと、キスをされるところでした」

ぎりぎり睨んで文句をつける。ジョゼに言っても仕方ないが、言わずにいられない気分だ。

「止める権利が、わたしにはあるわけか。知らなかったな」

「なにを言ってるんですか」

言っている意味がよくわからない。

「リンジェを探していたら、あちこち歩き回ることになって、気づいたらここにいたんですよ。帰り道もわからなくなって！」

「迷子か。危ないね、オオカミに食べられてしまうよ」

そっと伸びてきた手に頬の肉を摘まれた。ライラの頬は、ほっそりしているようで肉がついている。

「やめてください」

手を振り払うと、ジョゼはひょいと肩をすくめた。それからやっと、フェルディナンドに声をかける。

「逢い引きではなかったようだな」

「いや、そう思ってくださって結構です。わたしの胸は高鳴っているよ、ライラ」

近づいてきたフェルディナンドに腕を引かれた。

すかさず顔が近づいてきて、挨拶のキスを頬にされると気づく。

身を引いた瞬間、ジョゼの手が二人の間に差し込まれた。

すかさず腕が引かれ、フェルディナンドから離される。

「それは男同士では日常的に使用しない挨拶だ。フェディ」

子どもの頃の愛称だろう。呼ばれたフェルディナンドの眉がぴくりと動く。

「こちらの作法を知らぬ異国の客人相手に、不躾《ぶしつけ》なことをするものじゃない」

「わたしとライラの仲だよ、ジョゼ」

「そんな仲じゃありません」

ライラはすかさず声を上げた。

「フェルディナンド。あなたには感謝しているけど、誤解を生むようなことを言われては困ります。俺には、これから先、ここで生きていくために身につけなくちゃいけないことがたくさんある。だから、あなたじゃなくて、ここを選んだだけだ。男から男に乗り換えたみたいに思うのはやめて欲しい！」

フェルディナンドへ向かって勢いよくまくしたて、ライラは肩をいからせたままジョゼを振り向いた。

「言葉は合ってる？　言えてる？」

夜毎《よごと》の会話で、ここで生きていくと決めたライラの気持ちは伝わっているはずだ。こちらの言葉で表現できているかどうか、ジョゼになら判別がつく。

腕組みをして胸を反らしたジョゼは、にこりと微笑んだ。

「とても上手な言い回しだ。演説の教師をつけたいぐらいに」

「演説師にでもするつもりか」

フェルディナンドが吐き捨てるように言う。ライラに向き直り、

「きみの魅力はそんなことに使うべきじゃない。それに……、こんな簡素な服を着て……」

全身を見て、ため息をつく。そして、ジョゼに対し、非難の眼差《まなざ》しを向けた。

「いくらでも着飾らせてやれるだろう。よりにもよって、こんな、町人でも着ないような

服を」

「ライラの好みだよ。好きにさせてやればいい。公に出ることがあれば、きちんとした格好をするように教えておく」

「麗人は日頃から飾り立てておくべきだ。それに、演説の勉強など冗談じゃない……」

「考え方の違いだな、フェディ。今日はここまでにしよう。ライラ、後宮まで送ろう」

背中に手が回ったが、べったりと触れてくることはなかった。気配だけで促される。

すぐに腰を抱くフェルディナンドとの大きな違いだ。

「侍女たちの間で噂になっていますよ」

フェルディナンドの声が二人を引き止めた。

「夜毎に通っているそうで……。いままでは女性しか呼ばなかったと聞きましたが？」

礼儀正しい振りをした言葉にはトゲがある。

ジョゼとフェルディナンドの間に不穏な空気が流れ、ライラは心配になった。交互に視線を動かして、二人を見比べる。

ジョゼがふっと息を吐き、肩の力を抜いた。

「小鳥たちの噂に耳を傾けてやるとは、おまえもいい趣味をしているな。ライラと会いたいなら、きちんとした手続きをしろ」

「その申し出を蹴《け》るのはどなたですか」

非難がましい言葉をジョゼは軽やかな挨拶でかわした。ライラを伴ってその場を離れる。

建物の出口まで来てから、ジョゼは足を止めた。

「本当に迷子なのか？」

腕組みをしたジョゼは、わずかにあごを反らした。王さまらしい偉そうな態度だ。

「どういうことですか」

ライラは素直に質問で返した。ジョゼが不機嫌になったように思ったが、理由ならば想像するよりも聞く方が早い。

「たとえば、わたしの知らない間に、約束ができていたとか」

「……逢い引きのですか？　冗談じゃない。やめてください」

「男同士を嫌がるのは、わたしに手を出されまいとする作戦かも知れない」

「それで、実は俺が、フェルディナンドと恋人で？　そんなの、ありえない。それは否定しました」

「恋人じゃなくても、間者かも知れないだろう。間者はわかるか？　相手の懐へ入って、秘密を探る人間ことだ。後宮にはフェルディナンドの欲しがる情報がたくさんある。そのおかげで、何人もの侍女が……」

「侍女が？」

「きみに話していいものか……」

「言い出したのは、あなたじゃないですか」

ライラは拗《す》ねた顔でジョゼを見た。

周りに人がいないかを確かめ、ジョゼの腕を引っ張る。建物の裏側へ連れ込んだ。

「フェルディナンドが侍女たちと関係しているってことですか」

「もう知っていた話だったたか」

「知りませんよ、そんなこと。俺とは関係ありません。……ジョゼ、誤解があるようですが、俺は、本当に、彼とは無関係です。頼まれて、ここへ来たわけじゃない。そんなことを言い出したら、池で会ったことが……。まさか、疑ってるんですか。そこから？」

「まさか、そんな」

ジョゼは視線をそらさない。

嘘を許さない権力者の瞳を、ライラはただただ美しいと思って見つめ返す。

碧の美しい色だ。物見台から見た、林の向こうの湖を思い出す。

「ジョゼにも、秘密があるんですか」

この男にそんなものがあるのだろうか。すべてにおいて清廉潔白な王だ。

人々の信頼と期待を一身に受け、微塵の曇りもなく、真実を以て国を治めている。

その反動は、ライラといるときにだけ垣間見《かいまみ》えた。

他の誰にも見せない年相応の振る舞いを、ジョゼはライラといるときにだけ隠さない。

異国の人間という気安さからだとライラは思っていた。

「興味があるのか」

まっすぐに見つめられ、ライラは視線をそらした。ジョゼの男ぶりは、同じ男であるライラにとっても眩《まぶ》しいときがある。

顔の良さはもちろんだが、立ち居振る舞いのすべてが整っていて清々《すがすが》しい。

「ありません。興味はありません」

ライラははっきりと答えた。王に対して嘘はよくないと思ったからだ。

「でも、ジョゼ。疑われているのも嫌です。……信頼して欲しいと思います」

「している。そうでなければ、夜毎に通ったりはしない」

「でも、そうやって、情報を集めてるんじゃないかって、考えているんですよね？」

「疑ってはいない。本当だ」

ジョゼの身体が傾いで、ライラの顔に影が差す。

見上げた先にある美丈夫を、まじまじと見つめ返した。

勝手に観察する分には少しも照れない。

鼻筋の通った凛々しい顔立ちは、男性美と呼んで違和感がなかった。

「ジョゼの顔は、きれいだ」

そうつぶやいたライラのそばに、ジョゼの腕が伸びた。

建物の壁に押し当たって止まる。フェルディナンドがしたのと同じ『壁ドン』だと気づかなかったのは、相手に対する好意の差だ。

ライラはただ黙って、ジョゼの金髪が日に輝くのを見た。

どこか神々しく思えて、目を細める。

「あぁ、きみは……」

ジョゼが重いため息をつき、ライラはハッとした。

いつのまにか、ジョゼの髪を自分の指に巻きつけていた。

剣術の稽古をした後で湯浴みをしたのだろう、湿った触り心地が気持ちよかったせいだ。

「あ、ごめんなさい。つい……」

あたふたと手を振り回し、

「そ、そういえば、迷子になったとき、本がたくさんある部屋を見つけました」

無理やりに話を変える。

「あぁ……、そういえば、鍵をかけ忘れていた」

「すみません、入ってしまいました」

「いいんだ。鍵をかけに行くから、一緒においで」

なにげなく手を掴まれ、ライラはそのまま後に続いた。建物に入ったのと同時に気づき、手をほどく。

肩越しに振り向いたジョゼが不満げな顔をしたので、仕方なく、袖を摘まんで返した。

（これもこれで、おっさんがすることじゃないな……）

そうは思うが、日毎に仕草はライラに感化される。

そのつもりがなくても、自分が『若く美しい男』だと頭が認識し始めているようだ。

特に、自分でも目に入りやすい指先の動きは変わった。

がさつに動かすよりも、優雅にした方が見た目にもいい。

ライラのほっそりと長い指には、その方が似合う。

年齢以上に落ちついたジョゼと一緒にいることも影響している。彼といると自分が年上だということを忘れてしまう。まるで同世代と話しているような気分だ。

王宮の中の同じ場所にフェルディナンドが居続けているはずもなく、廊下はしんと静かだった。

王宮も後宮も、人が集まる場所は決まっている。

ジョゼに連れてこられたのは、確かにさっき、ライラが迷い込んだ部屋だった。

「父上の使っていた部屋だ」

「勉強する部屋ですか」

「書斎だ。荒れているのは元からだ。書物はひとつが大きいので、棚へ戻すと取り出すのが大変になる。だから出したままにしていたものが多くあって……、それでも、父上が亡くなった後、母上がすべてを閉じた。そのままだ」

ジョゼは静かに語った。

この部屋に、なにをするために訪れているのかを、ライラは尋ねられない。

ジョゼの寂しさに触れた気がして、こっそりと横顔を見上げた。

しかし、思いのほか、表情は明るい。

「俺が片付けてもいいですか」

「この部屋を、か」

ジョゼが笑いながら振り向いた。

おかしなことを言い出したと思っている表情だ。

「掃除をして、本を片付けます。なにか仕事がないと、退屈で死にそうなので……」

元の世界では、海外で行われるイベントのために、多くの資料を集めて整理することもあった。その土地によって、好まれる色は違うし、そのときどきに流行しているモノも違う。地味な作業だが、大事な準備だ。

「先の王は、ここでなにか調べ物をしていたんですか」

「鉱脈についてだと母上は話していたな」

そう言うと、ジョゼは扉を開いたままにして部屋の中に入った。

「これは鉱石の図鑑だ」

そう言いながら、一冊の本を取り上げた。

ほこりが舞い上がり、慌てて外へ出る。

本についたほこりは、袖で拭ったぐらいでは取れなかった。布貼りの表紙で、分厚い。

渡されたのを持つと、ずっしりと重たかった。

表紙にはルブローデの文字が箔押《はくお》しされていたが、ライラには読めない。

「まだ読めないだろう」

ジョゼが本を開いた。ざらつきのある紙に、石の絵と文章が刷られている。

「文字の勉強をします。他に仕事もないので」

「きみに頼むと、またフェルディナンドが怒りそうだ。本なんて持たせたら手が荒れる」

「好きにするといい。どうせだから、蔵書の題名を一覧にしてくれると助かる。鉱石関係の資料室にできるだろう」

扉に鍵をかけたジョゼは、ライラが抱えた本と引き換えに鍵を渡してきた。

「この本は思い出の品だ。わたしも鉱物の名前を覚えるのに重宝した。きみの手元においておくといい」

「ではお借りしておきます」

そう言って引き取ろうとしたが、部屋まで持っていくと言われて断られた。

「持って戻れます。それぐらいの重さなら」

「腕が折れるぞ」

ふざけたジョゼが歩き出す。ライラは遅れて続いた。

王宮を出て、後宮へ渡る廊下を歩く。どちらも黙っていたが、苦にはならなかった。

「あっ」

後宮へ入る段差でつまずいたライラの身体が傾ぐ。機敏に動いたジョゼの腕が伸びてきて、転げる前に止められた。

「だいじょうぶか。足は？」

「気をつけます」

「引っかけただけです。そんなに心配しなくても」

笑いながら、その場でジャンプしてみせる。

ジョゼは眩しそうに目を細め、肩をすくめた。

「見た目に似合わず、きみは粗忽者《そこつもの》だからな」

「そ……？　なんですか」

「見ていて楽しいって話だ」

「そうですか？　なんだか、もっと悪い意味に思えました」

ライラが詰め寄ると、ジョゼは笑い声を上げて後ずさる。

「笑ってごまかしてもダメです」

「ごまかしたわけじゃない。見惚れるほどに美しいかと思えば、誰もつまずかない場所に足を取られる。見飽きない」

「あの段差は、結構ありますよ！　絶対に、俺だけじゃない！」

ライラは声を上げて足を踏み鳴らした。

「なにをそんなに……」

あっけにとられたジョゼは、それでもやっぱり笑って、なだめるようにライラの肩を撫でた。ふんっと鼻を鳴らしてかわし、ぷいっと顔を背けた。

王に対して不躾な態度だとは思わない。そんなことを微塵も考えずに部屋にたどり着き、送ってくれたジョゼを振り向いた。

両手で本を引き取る。

「わざわざありがとうございました。また、夜に来るんですか」

ツンケンした口調で言う。

「迷惑か」

「俺は別に、情報を集めているわけじゃないので。いい加減、長椅子で眠られるのは困ります。身体に悪いじゃないですか」

確率は半分半分だ。眠ってしまう前にジョゼが席を立つこともあれば、ライラが気を使って話を切り上げることもある。

「じゃあ、今夜からは寝台で話をしよう」

「イヤですよ。一緒に寝るなんて」

「……王に寝台を譲る気もないのか？」

部屋の中に戻ろうとした腕を摑まれる。本をしっかりと抱えたライラは、ちらりと視線だけを向けた。

「そうでした。じゃあ、今夜からは俺が長椅子で眠ります」

これでは、売り言葉に買い言葉だ。雰囲気が悪くなり、ジョゼは真顔になった。

さすがにまずいと感じたライラは、小さく息を吐き出した。

リンジェがするように腰を落とす一礼をして、

「申し訳ありません。言いすぎました」

謝罪を口にした。

「でも、情報は集めていません。話をするのは楽しいから……それだけです」

「言葉は真実か。偽りは言っていないな」

詰め寄られ、本を胸に抱いたまま扉を背にしてうなずく。

「それでは、彼よりもわたしに心を開いている親愛の証《あかし》を与えてくれ」

「え……？」

意味がわからず、ジョゼを見つめ返した。

その瞬間、頬が近づいて、ライラの片頬に触れる。キスはされなかった。

驚いて固まると、

「男同士でも特別なときにはする挨拶だ。キスはしない」

「……あぁ」

ライラは呆《ほう》けたまま、こくこくとうなずいた。

「嫌な気分になったか？」

顔を覗き込まれた瞬間、体温がボンッと跳ね上がった。

「べ、べつに。じゃ、じゃあ……っ」

まるで初めてキスをされた少女のようにしどろもどろになり、そんな自分にいっそう驚いて部屋に逃げ込んだ。大きく息を吸い込み、壊れたように早鐘を打ち鳴らす心臓の辺りに強く本を押し当てる。

必死に息を整え、閉じたばかりの扉をそろりと開いた。

そこに、ジョゼは立っている。ライラと目が合うと、ほんの少し困ったように片眉をひそめた。その仕草にさえ脈が速くなる。

「親愛の証は確かにもらった。今夜も会いに行くよ」

軽く手を上げ、ジョゼは扉に背を向けた。落ちつきのある仕草は、二十八歳には見えない。かといって、老成しているのでもなかった。

ライラは黙ってうなずいた。

待っているとは言えなかった。でも、待っていないわけでもない。

心臓はまだバクバクと、激しく音を立てていた。

＊＊＊

「ライラさま、まだ起きていらっしゃったんですか」

枕元に置くランプを掲げたリンジェが、あくびをしながら部屋に入ってくる。

子どもらしい仕草を見せるのは、二人の関係が、客人と小間使いではなくなっているからだ。ライラから願い出た。

それでも、丁寧な口調だけは変わらない。

「んー、あと、少しだ」

先王の書斎の整理を許されてから、すでに一ヶ月が過ぎた。

部屋のほこりを払い、きっちりと掃除をしながら、ライラは文字の勉強に取り組んでいる。まずは文字を読み取れるように、そして書き取れるように練習した。

ルブローデの文字は二種類あり、ひとつは複雑な飾りのついた古典文字。もうひとつは、日常的に使えるようにした簡略文字だ。

どちらも、綴り方は左から右へ横書きで、文字そのものの数は少なく、日本語のように漢字を当てることはない。

「勉強熱心なのは素晴らしいことですが、体調を崩されては、困りますよ」

「わかっている。もうやめるよ」

そう言いながら、顔も上げずにペン先を走らせる。書きつけているのは、鉱石の名前だ。ルブローデの文字の横に、ひらがなやカタカナを書き足していく。

切りのいいところで終えてペンを置いた。

両手を天井に向かって大きく突き上げ、伸びを取る。

「ジョゼが来ると、退屈はしないけど、進まない。今日はよかった」

「そんなことを言うと、来て欲しくないみたいに聞こえますよ」

二週間ほど前から、ジョゼは急に忙しくなった。

「自分の部屋で寝てくれるなら文句はないよ。でも……、言っても仕方ない」

肩をすくめて首を回す。イスから立ち上がった。

いつのまにかジョゼの夜通いは習慣になり、ベッドの上で話を聞くようになった。呼び出しがあれば向かうと、ライラから申し出ても無駄だ。

ジョゼがそのまま眠ってしまうことも多く、そのときはリンジェのベッドで彼と一緒に寝た。本来は客間である部屋を使っているので、ベッドも大きく、狭さも感じない。

それでも、気は使う。

「今日は久しぶりに自分の寝台で眠れる」

寝支度をしながら言うと、

「ぼくと一緒では狭いですか？」

リンジェが不満げに聞いてくる。

「ひとりがイヤなら、一緒に寝てもいいよ」

ベッドに入りながら、からかう。すると、リンジェは丸い頬をいっそうぷっくりと膨らませた。

「こちらの部屋でベッドを共にすると、誤解を生みます」

「どの部屋も変わらないと思うけどな」

「そんなことはありませんよ」

リンジェが部屋の明かりを消して回る。手にした明かりが右へ左へと揺らめいて動くのを眺めながら、就寝の挨拶を交わし、扉が閉じる音を聞く。

部屋はシンと静まりかえる。

毎晩、この部屋には、ジョゼの寝息があった。

そのことを急に思い出し、ライラは寝返りを打つ。広いベッドの片側はもちろん無人だ。

横たわったり、クッションにもたれたりして話を聞くジョゼを思い出す。

ライラはいつもテーブルのそばのイスに座っている。

でも、ときどきはベッドの端に腰かけた。

向こうの世界の話から、こちらの世界の話になり、たわいもないことで言い争いになったこともある。隣の部屋からリンジェが飛び出してくるぐらいの口論だ。

そんな日は、ジョゼもさすがに泊まらずに帰っていく。

うまく話せないライラは胸にわだかまりを抱え、眠れずに朝を迎えた。

そして、翌日には、王であるジョゼに謝らせてしまうのだ。

（……王さまなんだから、謝ったりしないでいいのに）

そっと耳打ちしてくるから、謝罪は王にふさわしくない行為だと、ライラも知っていた。

もちろん、謝らなくていいと伝えている。

でも、身を屈めて顔を近づけるジョゼからは逃げられなかった。

碧の瞳が申し訳なさそうに細くなり、金色の髪がさらりと肩から流れ落ちる。

身を寄せられて香った柑橘の甘酸っぱさと、耳にあたる息づかいの柔らかさ。

ぞくっと身体が震え、ライラは闇を見つめた。

もっともっと、自分の気持ちを表現できなければ会話にさえならない。

クッションをなぞる自分の指が見える。ほっそりと長い、美しい指。

本当の自分とはまるで違う。

筋トレに通い、プロテインを飲み、タンパク質で育てた筋肉が無性に懐かしい。

力強さが男らしさだと思っていた。

いまの自分はどうだろうと思い、続けて、ジョゼの凛々しさは外見の逞しさに依存していないと思う。身体は鍛えられているし、『美丈夫』という言葉がよく似合う。

でも、彼を包んでいる雰囲気はしなやかさだ。強いから、よくしなり、そして、すべてを跳ね返して退ける。

好ましい人物だ。向こうの世界では出会うことのなかった種類の男だろう。

指先を拳の中に折り込んで、そっと引き寄せる。

外見は女と見まがう美貌になっても心の中は以前のままだ。どう振る舞えばいいのか、わからないと思った。

(どう見られたいんだろうな、俺は)

自分の気持ちが揺らいでいる。それだけは理解していた。

翌朝。リンジェから熱心に勧められ、ライラは朝食の時間にジョゼを訪ねた。

もちろん、事前に確認と了承を得ている。

侍女に案内されたのは、食堂ではなく、庭に面したテラスだった。心地よい日差しにきらめく木々を眺めながら、日陰で朝食がとれる。

朝食の支度は、丸テーブルの上にずらりと並んでいる。

フルーツを煮詰めたジャムに、チーズ。レタスに似た野菜。数種類のジュースと、紅茶。

そして、パンのようなものを卵液につけて焼き上げた甘い料理。

「おはようございます」

視界の端に立って挨拶すると、ジョゼはくるりと顔だけ振り向いた。

「おはよう。きみの分も準備ができている。まだだろう」

「はい」

うなずいて、侍女が勧めてくれるイスに座る。ジョゼの正面ではなく、少し彼の方にズレている。斜めに向かい合い、二人ともが庭を眺められる位置関係だ。

「昨日は行けなくて悪かった」

果実を搾ったジュースを飲みながらジョゼが言う。

「お忙しかったんでしょう。無理することはありません。俺も、書斎の本を整理するのに忙しいので」

「……そうか」

がっかりしているように聞こえ、紅茶を飲んだライラは首を傾げた。

「疲れているんですか？」

「昨日は会議が深夜に押して、そのまま飲んだ」

「酒ですか。いいじゃないですか」

「なにもよくない。臣下に付き合うのは気疲れがする」

「……じゃあ、大変でしたね」

ライラはことさら明るく言った。ジョゼが疲れていると心配になる。

でも、どんな言葉をかければいいのかもわからない。

向こうの世界でのサラリーマン経験も、君主が相手では、まるで役に立たなかった。

「きみの寝台の方がよく眠れるんだ」

「遅くても、使ってかまいませんよ。俺はリンジェのところへ行きますから。起こしていいです」

「……そうだな」

ふっと笑みをこぼし、ジョゼは料理を木の匙《さじ》ですくい上げた。

夜のうちに霧雨が通ったらしく、木々は朝露に濡れている。朝の光を受けて、いつもよりも瑞々しく輝いていた。

「『日本』の『夏』の朝も、こんなふうにきれいなときがありますよ。木が呼吸するような匂いがして、好きでした。ジョゼはいつも、こうして食事しているんですか」

「いや、いつもは寝台の上で済ませる。今朝《けさ》は特別だ。……ときどきはこうして食事をしようか」

「あぁ、いいですね。外で食べるって気持ちがいいし」

なにげなく答えたライラは、誘われていることに気づかなかった。

元から疎い性格だ。これ見よがしのアプローチには過敏でも、ひっそりと近づかれるのには弱い。

ほんの少し苦笑したジョゼは、気を取り直したように口を開いた。

「ライラ。一緒に、湖畔の音楽祭へ行かないか」

「音楽祭……」

(フェス、みたいな)

ライラの脳裏には、山をバックに跳びはねる観客たちの姿が浮かぶ。

(違うよな……)

「どういうものですか。湖のそばで……?」

「楽団はフェルディナンドの別荘で見ただろう。もっと大編成の楽団を、のんびりと楽しむんだ。堅苦しいことはない」

「ダンスは踊れませんよ」

「リンジェを相手に少し練習すればいい」

答える前から同行することになっている。

しかし、嫌な気持ちにはならなかった。

計画を立てるジョゼが楽しげに見えたからだ。疲れが消えて、表情が明るい。

「外交を兼ねているから、きみには少し着飾ってもらいたい」

「少し？」

目を細めてじっと見つめる。

疑いの眼差しを難なくかわしたジョゼは、威厳を損なわないまま、困ったような目をライラに向けた。

「きみが簡素な服を好むことは知っている。でも、話のきっかけには付き添いの服が肝心なんだ。向こうから、会話を始めさせたい。わかるだろう？」

そう言われると、断れない。

「……ずるいなぁ」

思ったままを口にして、ライラはイスにもたれた。

「ダンスをしないでいいなら」

「それは……必要だな」

「どちらか、です」

「ダンスはいいものだ。べったり抱き合うものばかりじゃない。輪になって踊るダンスはきみも楽しめるだろう」

「んー……」

レタスのような野菜をパリパリ食べながら考える。

「他の誰にも、二人きりのダンスは申し込ませない。それとも、女性と踊らせようか」

「あっ……」

それはいいかもと思った瞬間、ライラの気持ちはしぼんだ。

「いいです。着飾りますし、ダンスもやります。国王のためですから、俺も頑張ります」

「……どうしたんだ」

驚いたジョゼの頬がほころんだ。おもしろがっている。

それに気づいたライラは、くちびるを軽く尖《とが》らせて顔を背けた。

(向こうでも女にモテなかった俺が、エスコートなんてできるわけがない。……絶対無理。

死ぬ）
　心の内は声に出せなかった。

　朝食を終えて部屋に戻り、リンジェに音楽祭の話をすると、飛び跳ねて喜んだ。

　小旅行になるから、彼も世話係としてついてくる。

　しかし、リンジェが喜んだのは、音楽祭に行けるからではない。

　ライラが音楽祭のパートナーとして選ばれたことが誇らしいのだと、屈託なく笑う。

「装いを決めなければなりませんね。音楽祭は華やかですよ。貴族たちがこぞって着飾るので。だいたいは、音楽劇を題材にするんですが……」

「……そんなに派手なのは……」

「いえいえ、そうはいきません。さっそく、お針子を頼まなくては」

「えっ。作るの……？」

　ライラの戸惑いをよそに、リンジェは胸を張る。

「もちろんです。ルブローデの君主のパートナーなんですよ」

「ちょ、ちょっと待って……。これって、男でもいいの？　俺は、女の振りをするとか、そういうの？」

疑問が一気に押し寄せた。

「いいえ。ライラさま」

巻き毛のリンジェはにっこり微笑む。野の花の妖精のように愛らしい。

「ここはルブローデです。愛の前に性別は関係ありません。男であっても王妃になれます」

「……怖いことを言うなよ」

まるで候補になっているようだ。そう思ったが、怖くて口にできない。

「やっぱり、断ってこようかな」

気弱になってつぶやくと、

「えーっ！　ダメです。ダメです！」

両手を振り回したリンジェが飛びついてくる。

「承諾してから取り消すなんて、ジェフロワさまがかわいそ、いえ、ご迷惑です……」

「かわいそうって言っただろう、いま」

「いいえ、失礼な行為だと言っただけです」

リンジェはつんとあごを反らした。

「……そうか。仕方ないな」

納得するしかない。

「でも、ドレスはイヤだな」

「まだ、そんなことを……。似合いますよ、絶対に似合います」

「そうだ。前に、服を選ぶときは声をかけて欲しいと、言われてたんだ。彼に相談したいな。紅を差して、大きな耳飾りをしていた。きれいな顔だったよ。名前は……」

スコンと抜けて思い出せない。

「リロンザではないですか？　いいですね。彼のデザインは、街でも人気があります。呼びましょう」

リンジェが乗り気になり、そういう話になった。


リロンザの仕事は衣服のデザインをすることだ。

職業デザイナーというよりは、後宮に住む芸術家のひとりとしてデザイン画を描く。服のパターンを作るのは別の人間だが、監修はすべてリロンザが行う。

彼のデザインは機能性とファッション性を兼ねていて、デザイン画に描かれた服は街でも大流行するほどのカリスマデザイナーだ。

そのリロンザに衣装のデザインを頼み、布地を選ぶ。採寸に仮縫い。それから本縫い。

そのときどきに、ジョゼの意見も取り入れる。服の趣味に自信のないライラは、ほとんどリンジェとリロンザの言うがままに従った。

頑強に伝えたのは、足首まであるズボンを穿《は》きたい。ただそれだけだ。

たとえ、ヒラヒラしたスカートのようなデザインでも、下にズボンを穿いていれば安心できる。気持ちの問題だ。

一方で、ダンスの練習も行った。

みんなで踊るダンスは下手でもどうにかなりそうだったが、二人で踊るダンスは手強《てごわ》かった。

向こうの世界で見た社交ダンスほど、男女の区別があるわけではなく、身長差によって振り付けが変わるという具合だ。

背の高い方がリードする振り付けもあれば、背の低い方がリードする振り付けもある。

ただ、ライラの場合は、ジョゼが相手なので、全面的にリードされていればいいと説明された。ジョゼはダンスも上手だ。

というわけで、ステップだけをとことん仕込まれる。

後宮に入ってから、こっそり始めていた筋トレが、思わぬところで役に立つ。

ダンスを教えてくれるリンジェは、恐ろしくスパルタだった。

毎日、くたくたになるまで教え込まれ、ことあるごとに「王国の恥になります」と叱責《しっせき》されては逃げ出すこともできない。

しかし、筋トレで自分を追い込む精神力だけは鍛えられている。外見はしとやかなライラの姿でも、中身はガチムチだった頃のままだ。

おかげで、女心には疎くなってしまったわけだが、それとこれとは別の話だと割り切る。いまさら言っても仕方ない。

ダンスのレッスンと文字の勉強に明け暮れる日々は、あっという間に過ぎていった。

＊＊＊

だから、音楽祭に送り出されたときは、魔法にかけられたシンデレラのような気分だった。毎日あれほど疲労困憊《こんぱい》していたのに、急に優雅な世界に放り込まれる。

音楽祭の会場となる湖畔にはいくつもの高級宿や小さな邸宅があり、ライラたちはジョゼとともにルブローデの貴族が所有する邸宅に滞在することになった。二泊三日の小旅行だ。二泊目の夜が音楽祭で、リンジェとともに同行したリロンザが、身支度を手伝ってくれた。肌を美しく見せるためのおしろいを軽くはたき、ほんの少しだけ紅を差す。

髪は編み上げて、白い花を飾った。

衣装は袖口の広いドレスシャツと細身のパンツ。靴はリボンのついたサンダルで、足首にぐるぐるとリボンが巻かれる。

それから、ヒラヒラとレースを重ねた長いベストを着た。胸元には繊細な刺繍《ししゅう》が施されている。

リロンザとリンジェが言うには、音楽劇に出てくる『星空を司る夜空の精』だ。ライラの黒い髪と黒い瞳がぴったりなのだと、何度も何度も熱っぽく語られた。二人とも、よっぽどその音楽劇が好きなのだ。

それはかまわないし、鏡に映ったライラの美しさにも文句はない。

でも、ジョゼの前に出るときは恥ずかしかった。

素の自分で付き合ってきたからだと悟り、ライラは物憂くため息をつく。

「そんな色っぽい顔をするんじゃないわよ」

リロンザに肘で突かれる。

「ただでさえ、あんたの異国の訛《なま》りは甘く聞こえるのよ」

「え……。知らなかった」

「耳障りじゃないからいいの。でも、心地よく聞こえすぎるから、せめてツンと澄ましてなさいよ」

そう言われて、邸宅の二階から下りる階段へ促された。

ジョゼはロビーで待っている。

（普通に下りればいい。普通に……。こんなの、普通に）

そう繰り返しながら、段差だけに集中する。手すりを持つ指が視界に入り、爪《つめ》の先がきれいだと他人事《ひとごと》のように思った。

（こんな、おしろいなんかして。口紅まで差して。変に思われたら、どうすんだよ）

一生懸命に、鏡で見たばかりの、ライラの姿を思い出そうとする。

しかし、心の中はやっぱり四十手前のおっさんだ。気持ちが乗り切れずに尻込みする。

ため息がこぼれそうになって、息を吸い込んだ。

背中にリンジェとリロンザの視線が突き刺さって痛い。

物憂いため息をつくことも、逆戻りも許されない状況で、ライラはロビーを見た。

そこに、ジョゼが立っていた。

夏生地の白いシャツは袖にたっぷりとフリルがついている。ズボンは引き締まった黒で、足元は足首までの革靴。手には羽飾りのついたハットを持っていた。

すっきりとした立ち姿が引き立つ凛々しさに、ライラは立ち止まった。

心臓がずきっと音を立てた気がして、眉をほんの少し歪めてしまう。

ほんの少しでも、本当の恋をしたことがあったなら、それが天使の矢が突き刺さった音だと理解できたかも知れない。

しかし、無理な話だ。男同士ではありえないと、そう思い込んでいる。

その瞬間、天と地が逆さまになろうとしていることも気づかなかった。

ライラを振り仰いだジョゼが軽い会釈をした。しかし、立ち止まったライラが下りてこないと知ると、わざわざ迎えに近づく。

「どうしたんだ。足元は危うくないだろう」

ドレスのように裾《すそ》を引いていない。ヒールも通常のものだ。

「……知らない男が待ってるのかと思った」

そんな言い方しかできなくて、ライラは視線を足元に落とした。一歩踏み出すと、ジョゼが肘の辺りを持って支えてくれる。

そうしてもらうほど足元が怪しいわけではないが、ライラは断らなかった。そのうちに、手を肘へと促され、素直に摑まった。

知らない男に見えたのは本当だ。それほど、着飾ったジョゼは新鮮だった。彼の衣装も、カリスマデザイナー・リロンザの手によるものだ。

「ライラは、いつも通りだな。なにも変わらずに、きみだ。いつも涼しげに美しい」

甘い言葉に振り向くと、ジョゼは前を向いていた。

思わず聞き間違えたかと思ったが、問い直すことはできない。

「仕事でなければ、このまま、外へ出たくないぐらいだ」

用意された馬車に乗り込みながら言われ、座席についたライラは笑った。

「変だよ。フェルディナンドに口説かれてるときみたいな気分になる」

笑ったままで窓の外に視線を向ける。

本当にそう考えていたのに、口にするべきじゃなかったと思った。後悔はじわりじわりと増してくる。

その理由を考えているうちに馬車が走り出し、ライラは黙って窓の外を見つめ続けた。


夕暮れから始まった音楽祭は想像したよりも豪華で盛大だった。

美しい旋律が響き、あちらこちらでダンスが行われ、人々の笑いさざめく声が辺りに広がる。すべてを含めて、ひとつの舞台演劇のようだ。なにもかもが計算されているように見える。

ジョゼは王としての務めに忙しく、次から次へと挨拶を受ける。

そばに寄り添うライラは微笑んでいるだけでよかった。

ときどき、衣装を褒められ、リロンザの作だと言うと、おおげさなほど驚かれ、うらやましがられる。

それをきっかけにくだけた雰囲気が生まれ、挨拶よりも少し深い世間話が始まった。

言い回しが掴めないところは多々あったが、相手の持って回った言い方が不思議と真意を汲《く》み取らせた。わからない分、目元の表情で感情が読み取れる。

話の内容は、鉱石の貿易だったり、各国の友好問題だったり、いろいろだ。どれも国政に関することやさまざまな嘆願の糸口になる話題ばかりだった。

パートナーを務めてくれと言われたのも、こういったやり取りをライラに聞かせたかったのだろうと思えた。

二人で話すときは、政治の問題にも触れる。だから、ケンカにもなるのだが、実際に人々の会話に触れ、現状を学ばせたかったのだろう。

そこまで信頼されていると思うと、急にくすぐったくなる。

しばらくすると、ライラの立ち疲れを気づかう素振りで、人の輪から抜け出した。二人して休憩場所を探した。

パートナーを理由にするのもスマートな言い訳だ。一国の王が疲れたと言い出せば、まわりは必要以上に気を回すことになる。

近侍の男が会場の端に席を見つけ、ドリンクを飲み、軽食を摘まむ。時間が経ったのを見計らったように、やがてまた、人が集まり出す。

そして、さっきと変わらない話を別の人間たちと交わしていく。

それを繰り返すことで、ひとところに留《とど》まることなく、多くの人間と顔を合わせることができるというわけだ。

数え切れない客たちと歓談したジョゼは、疲れも見せずにライラをダンスに誘った。

ついに来たかと身構えたが、リンジェ仕込みの足元は、思うよりもよく動いた。

ジョゼのエスコートも最高にスマートで、ゆったりと踊ることができる。その時間が一番の休憩に思えたぐらいだ。

曲が終わるまでは、誰も話しかけてこないので、なおさら落ちつく。

「疲れただろう。この後、群舞が始まるから、きみは踊っておいで。疲れたら輪の端で手を叩いていればいい」

白い花をつけた耳元にささやかれる。

「ジョゼは？」

首を傾げるように見上げると、

「少し込み入った話がある」

ジョゼは凛々しい表情で答えた。

「一緒にいると、迷惑ですか」

「いや、きみには音楽祭の楽しさも知って欲しい。わたしと一緒にいると、挨拶を受けているだけで終わってしまうから」

瞳を覗き込まれ、ライラは飛び上がりそうになった。顔が近いことに、嫌悪とは違う感覚で驚いたからだ。

逃げそうになった腰をそっと抱かれ、ステップが複雑になった。

ごまかされたと思う間もなく、必死でついていく。

腕が引っ張られ、腰に添えられた手に促されてくるりと回る。

引き戻されて、回転しながら、ジョゼの胸に戻る。

胸に当てた手がぎゅっと握られた。

互いの視線が、自然と引き合い、ライラは会場の明かりを映して輝くジョゼの瞳に釘付

けになった。どぎまぎとして、やがて、身体が汗をかく感覚に戸惑う。

続けるステップはもう惰性だ。

ジョゼのリードに身を任せているだけで、足が勝手に動く。

曲が終わらなければいいのにとライラは思った。

こんなに楽しいなら、ずっと踊っていたい。

ずっと、ずっと。そう思う。

しかし、物事には必ず終わりが来るわけだ。

続けて始まった群舞にライラだけが残されて、ジョゼが輪を抜けていく。

知り合いはいないが、ひとりになっても危険はない。

連れ回されたおかげで、誰もが、ライラのことをルブローデの王のパートナーと認識していた。

そうこうしているうちに、群舞の熱狂にまかれ、ライラは夢中になった。

向こうの世界ではダンスになんて興味はなかったが、ライラの身体は、以前の肉体よりもバネが利いて軽やかに動く。だから、ステップも思う通りに踏める。

髪は飛び跳ねても乱れることなく、髪飾りも飛んでいかない。リロンザのおかげだ。

群舞で跳ね回ることも計算に入れてあったのだろう。

同じことが布地にも言えた。汗をたっぷり流しても、布地の吸い込みがいいから快適に感じる。一曲があっという間に終わり、次の曲がかかる。もっと踊ろうと女の子たちから誘われたが、ライラは首を振って輪を離れた。

心拍数が上がり、息切れがして苦しい。まだ体力が伴っていないからだ。もっと身体を鍛えて、三曲ぐらいは踊れるようになりたいと思う。

それぐらいに楽しかった。

首筋の汗を拭っていると、ドリンクを運んでいるボーイに、水で絞った布を渡された。配り歩いているのだろう。汗を拭うと、ドリンクと交換に回収される。

冷たい炭酸水は柑橘が搾られていて爽やかだった。

ノンアルコールだが、喉ごしもいい。喉を潤しながら会場を見渡したライラは、群舞を取り囲む人の中に見知った顔を見つけた。

しかし、どこで見かけたのか、思い出せない。

頬からあごにかけてヒゲが生えた男だった。

後宮では見ないタイプだ。でも、ヒゲに特徴がある。

どこで見たのだろうと考え込むほどに、記憶は複雑に絡んでいく。

元の世界だろうかと思い、ライラは額に指を添えた。

ちくりとこめかみが痛み、物憂い気分に襲われる。

ここでの暮らしに慣れるほどに、向こうの世界を忘れそうになるようで、自分が怖い。

どんなに四十手前のおっさんだと言い聞かせてみても、毎朝、鏡の前で対面するのは若い美貌の男だ。まだ心の整理がつかないことも多い。

めまいを感じて、ライラは会場そばの湖に近づいた。

喧噪からは離れるが、明かりは届いている。

木立が続き、その向こうが湖だ。

会場からは湖しか見えなかったが、浜辺のように波が打ち寄せていた。

明かりを乗せたボートもいくつか浮いている。

乗っているのは恋人たちだろう。山の稜線《りょうせん》と夜空をバックに寄り添う影が絵になった。

「おひとりで退屈ではないですか、星夜の精よ」

甘く語りかけてくる声に、ライラは寒気を感じて震えあがった。

そこにいたのはフェルディナンドだ。

彼もまたフリルのたくさんついたドレスシャツを着ているが、自分の魅力をこれみよがしにアピールしていて、胃もたれがしそうに過剰だった。

「きみを見つけて、追ってきたんだよ」

逃げようとした腕を掴まれる。

アルコールの匂いがして、酔っているのだとわかった。

太い幹に身体を押しつけられ、ライラは視線を合わせまいと顔を背ける。

「離してください」

拒んだが、今夜のフェルディナンドは退かなかった。

「ここでもきみの身元は知れなかったようだね。……きみは、どこの誰なんだ。記憶は本当に消えているのか」

「え？」

フェルディナンドの言葉に違和感を覚えた。

(消えているのか、って、なんだよ。まるで、誰かが消したみたいな言い方だ)

疑問を反芻《はんすう》しようとしたが、その前にフェルディナンドが口を開いた。

「きみは、わたしと出会った夜を覚えているか？　わたしが散歩をしていると、そこに現れたのがきみだ。わたしはきみを救い出して、介抱した……。そうだったな」

ライラは黙って、記憶をたどった。

もう何ヶ月も前のことだ。鮮明に思い出すことは難しかった。

「きみとたった二人で出会った日のことを思い出すと、すべてが運命に思えてくる……。

ライラ、わたしのところへ帰っておいで。ジョゼの手がつく前に」

声はひっそりと静かに届く。

ライラは黙ってフェルディナンドの言葉を聞いた。

「きみが望むなら、嫌がることはなにもしない。きみ好みの女性を、婚約者として迎え入れてもかまわない」

「……そんなこと。あなたに、得がない」

「ならば、ジョゼに手を出されてもかまわないと？　あんなに、男同士はイヤだと言っていたじゃないか。きみを救えるのはいつだってわたしだけだ。近くにいて欲しい。それだけだ。これほど純粋な愛は、きみにしか誓えない」

フェルディナンドは惜しみなく愛をささやいた。その流れるような口調が、ライラをいっそう真顔にさせる。

（ヤバい……笑いそう）

頬を引きつらせながら、浅く息を吸い込む。その隙を突くように、フェルディナンドの両手で頬を包まれた。瞳を無理やりに覗き込まれる。

「え、えっと……」

なにか会話しないと確実に吹き出してしまう。

「さ、さいきん……、本の整理をするようになって。先王の書斎の、本の。だから、やることがあるから。悪いけど……戻れない」

「先王の書斎？　そんなところへ……。もうすっかり信頼されているんだな」

口元を押さえて、フェルディナンドが視線をそらす。その頬がひくひくと動いたのを、ライラは見逃さなかった。

ふいに、リンジェの言葉を思い出す。

彼の養い家族が死に至った背後に、フェルディナンドがいるという話だ。

直接、手を出したわけではないだろう。リンジェの態度からしても、疑惑の域だ。

しかし、フェルディナンドは警戒に値する男だ。その事実は間違いない。

こんなところに二人でいることが急に怖くなり、ライラは身を引いた。

背中はぴったりと木の幹についている。後はなかった。

「ライラ、まさか……」

フェルディナンドの瞳が鈍く光る。

視線が動いた瞬間、二人の間に手が差し込まれた。

近づくフェルディナンドのくちびるからライラを守ったのはジョゼだ。

するりと抱き寄せられ、その胸に寄り添う。

「探したぞ、ライラ。……悪い男には気をつけろと言っただろう」

ジョゼはそう言ったが、覚えのない忠告だ。

いつになく偉そうに振る舞っているのも、フェルディナンドへのあてつけだろう。

「そんなに意地の悪いことを仰《おっしゃ》らなくてもいいでしょう」

丁寧な口調で言ったのは、フェルディナンドだ。軽く沈み込む仕草で挨拶をした。

「わたしと彼は友人です。あなたの前で、それ以上を望みはしません」

今日は幼馴染みの気安さを消している。

「わたしがいないなら、口説くということだろう」

ジョゼの声も硬い。

「それはもちろん、彼の同意があれば。しかし、友情に誓って、無理強いはしません。ライラ、今夜は会えてよかった」

そらぞらしい笑みを見せ、フェルディナンドはあっさりと身を引いた。二人に背を向け、祭りの賑わいの中へ戻っていく。

ライラはその背中をじっと見送った。

「彼と、なにの話をしていたんだ」

邸宅のリビングに入るなり、ジョゼに問われた。

パーティーの最後まで残るのは野暮だからと、馬車で戻ったところだ。リンジェがやってきて、酒の瓶とグラスを置いていく。中身は赤ワインに似たアルコールだ。

「フェルディナンドがずいぶんと、ニヤついていた」

突っかかるように言われ、ソファに座っていたライラは目を丸くした。

「そんなことありません！」

勢いよく答える。とんでもない誤解に腹が立つ。

「あいつを喜ばせることを言ったんじゃないのか」

ソファの背に両手をついたジョゼが乗り出すようにして顔を覗き込んでくる。

「言ってませんよ」

ライラは身体ごと振り向いた。

「本当に？　『そのフリルが似合う』とか、言わなかったか？」

「言いません」

言いがかりもいいところだと眉根をしかめてみせた。

「高級そうなレースだ、とか」

「そんな細かいところ、知りませんよ。だいたい、どうして俺が、彼を……。まさか、ジョゼ。……嫉妬《しっと》、ですか？」

ありえないと思いながら口にする。

フェルディナンドを追い払ったときも、まるでライラを取り合うようだった。

「あんな男と張り合うことはない」

ジョゼが急に年下の男に思え、ライラはソファの背もたれに肘をつく。くだけた仕草で顔を支えた。

「今日の会場で一番素敵だったのは、間違いなくあなたです。ジェフロワ＝バルデュス王。高級そのもののレースに、誰よりもあなたに似合うフリル。男ぶりだって……」

ふいに、ジョゼの手が頰に押し当たった。

じっと見つめられ、ライラは口を閉ざす。

調子に乗ってしまったと思った瞬間、手が離れる。ジョゼは窓辺へ寄った。

「からかったわけじゃ、ありません」

すぐに立ち上がり、ジョゼを追う。窓辺には別珍のカーテンが引かれている。少しずらしても向こうは見えない。景色は夜の闇の中だ。

「本当なら、湖が見えるはずだ」

しかし、窓に映っているのは、部屋の中にいるジョゼだった。

「音楽祭は楽しかっただろう。昼は一般市民が参加する。群舞をこれでもかと踊るから、昔はこっそり紛れ込んだ。立場もなにもかも忘れて、夢中になれる」

「あれは楽しかったです。今度はもっと体力をつけて、三曲は踊り切りたい」

そばに立ち、ジョゼの顔色を窺《うかが》う。

「王となっては、もう、お忍びは無理ですか」

「……ライラ。おまえは優しい。誰にでも優しい。リンジェにも、リロンザにも。もちろん、それはいいことだ。おまえの美徳でもある。……しかし、それを、あいつにも向けているのかと思うと……」

「フェルディナンドに張り合ってどうするんですか」

言ったばかりのことを、また繰り返す。

「否定しないのか」

ジョゼは窓の向こうを凝視したまま言った。

「……しません。わからないからです。俺は、意識してやってるわけじゃないので、誤解を生んでいるかも知れないとは思います。でも、誰にでも優しいわけじゃない。……俺のいた場所とここでは、どうも、言い回しの伝わり方が違う。だから……」

ジョゼの横顔を見上げ、ライラは言葉を途切れさせる。自分がなにを言うべきなのか、わからなくなる。なにを言いたいのかも、わからない。

なのに、感情だけが溢れてくる。

「あなたは、誰にも負けませんよ」

それだけを口にする。

ジョゼの指が、窓のガラスをなぞって動く。

「フェルディナンドに張り合っているわけじゃない。そんなことは問題にも思わない。ただ、……わたしは、おまえに選ばれたいだけだ」

「選ばれるだなんて」

ライラは思わず笑いをこぼした。

「俺はそんなたいしたものじゃないですよ。まぁ、確かに、外見はきれいですけど……。望めばなんだって手に入るじゃないですか。俺なんかに、こだわらなくても」

「おまえは自分を知らないな」

振り向いたジョゼの手に、肩を摑まれた。

「後宮で俺にすり寄らないのは、おまえだけだ。男同士というのは、どうしても越えられない壁なのか」

顔が近づいてくるのに気づいたが、身体を包み込んでくるようなジョゼの匂いに気を取られた。いつもの心地よい柑橘の匂いだ。

「え？」

くちびるの端に温かい息が吹きかかり、キスをされたのだと遅れて気づく。

「目をそらしたら、もう一度、キスをする」

ジョゼに言われ、思わず目を閉じる。

そんなつもりはまるでなかったのに、とっさに視線を伏せてしまった。

気づいたときには腕に強く抱かれ、くちびるが重なっていた。そのまま、カーテンの中へ連れ込まれる。

「んっ……んっ……」

何度も角度を変えてくちびるを貪《むさぼ》られ、ライラは喘《あえ》いだ。息が上手く継げなくて、ジョゼの両頬を掴んで引き剝がす。

「い、きなり……っ」

激しすぎると文句を言おうとしたが、またくちびるを塞《ふさ》がれる。今度は舌が入り込んできた。

「んんっ！」

腰がぞくっと震えた。

「……ライラ。これは、わたしだけが特別だと、そう思っていいんだな」

耳元で熱っぽくささやかれ、ズボンのボタンがはずされる。

「えっ？　あ……っ」

前立ての中へするっと手が入り込んで、下着の上から掴まれた。

さっきのキスで、そこはもう熱くなっている。

「ま、待って……」

ライラは身をよじった。こちらの世界に来てから、触ったことのない場所だ。

機能することはわかっていたが、ライラの身体だと思うと触れられずにいた。

自分でも触ったことのないものを布越しに揉《も》まれる。よく知った感覚が、ぞわぞわと高まり始めた。ライラの身体も確かに男だ。それをいま、再認識させられた。

「ジョゼ……ッ」

「静かに……。だいじょうぶだ。乱暴にはしない」

「こんなつもりじゃ……。おれ……っ。この身体では、したこと……」

「ん？」

ジョゼに顔を覗き込まれ、ライラは息を引きつらせた。

「自分でも、したことがない……。は、初めてだ……」

震えながら、ジョゼの袖にしがみつく。

「教えてもいいだろう？」

優しさを装ったささやきは熱く爛《ただ》れ、情欲を湿らせている。ライラはうなずくことができなかった。

股間を軽く揉み込まれ、伸び上がるように背を反らす。

知っているよりも、感覚は鋭い。ライラの身体は感じやすく、快感に弱かった。

「この身体に、男の悦《よろこ》びを教える許しが欲しい」

ジョゼはなおもささやいた。

「王の権限で奪うわけじゃないと、おまえ自身の言葉で言ってくれ」

「んっ、……ぁっ」

形をなぞられ、耐えきれずに腰が引ける。カーテンの中で、ジョゼの身体が距離を詰めた。直《じか》に触れて欲しくて、ライラは焦《じ》れてしまう。

「ライラ……」

優しく甘い声を聞くだけで、張り詰めた先端からは先走りが滲み出す。ライラに自覚はなかったが、布地が濡れたことはわかる。

「言えない……っ」

恥ずかしさに息を詰まらせて、首を左右に振る。

「望んでいないから？」

「……は、ずかしっ……」

思わず叫んで、ジョゼの肩にしがみついた。よく知っているはずなのに、まるで新しい快感に耐えきれず、腰が動き出す。

「悪かった」

濡れたキスの音が耳元に響き、下着の中からそれが引きずり出される。

男の指は力強く、体温が高い。大きな手のひらに包まれ、ゆっくりと刺激が与えられた。

記憶しているより何倍も大きな快感が押し寄せ、ライラの身体はよじれた。

「あっ、あっ……」

（はずかし……、恥ずかしい、恥ずかしい。もう、マジかよ……）

頭の中で悪態をつき、ライラは引きつった息を繰り返す。

身体は敏感に欲望を貪り、あっという間に瀬戸際まで押し上げられる。

「出していいよ、ライラ。我慢しなくていい」

包み込むような声に優しく促され、ライラの身体が緊張した。

「んっ、くぅ……っ」

背中をガラスに押し当て、ぶるぶると身体が震える。下腹に溜まったものが勢いよく押し上がった。

ゆっくりと扱《しご》かれて、目の前が真っ白になる。

崩れ落ちそうな身体を抱き寄せられ、あやすように背中を叩かれる。

それから、そっと身体が離れ、うつむいた顔をすくい上げるようにキスをされた。

くちびるがついばまれ、額同士がこすれ合う。

「ライラ、先に部屋へ戻ってくれ」

その言葉の意味を理解するのにも時間がかかった。

離れがたさを感じている自分を理解できないまま、渡されたチーフで下半身を拭い、前立てを整える。それからカーテンを出た。

「おやすみなさい」

小声で挨拶をして、振り向かずに退出する。

動悸《どうき》が収まらず、部屋に戻ってもまだ苦しい。

(めちゃくちゃ、気持ちよかった……)

リンジェに顔を見られる前に浴室へ逃げ込んだ。激しい後悔の波に呑《の》まれ、溺《おぼ》れながら細い息を長々と吐き出す。それから、ハタと気がついた。

自分が興奮したということは、ジョゼだって同じだろう。

あのカーテンの中に残された彼は、やはり自分自身を慰めるのか。

そう考えた瞬間、ライラの下半身はまた火照《ほて》り出す。

あ然として、両手で押さえた。

（男、同士だ……）

自分に向かって繰り返しても、言葉はまるで意味をなさなかった。もう、そんなことは理由にならない。

教えられた快感は甘く切なくて。

触れられても嫌悪はなく、それどころか、もっとして欲しいと思ったのだ。

ライラはへなへなとしゃがみ込み、心配したリンジェが扉を叩くまでそこにいた。

4

ひねった蛇口から、水はチョロチョロと流れ出てくる。溜《た》まった水に浸した布を、無心にこすり合わせ、ライラは奥歯を嚙《か》んだ。

(中学生か……)

心の中で自分を罵《ののし》りながら、顔を歪《ゆが》めて下着を洗う。

汚れはすでに落ちていた。それに気づかずにジャブジャブと洗い続け、深いため息をつく。

「ライラさま。言ってください。そんなこと、ぼくがします」

浴室を覗《のぞ》き込んできたリンジェが驚いた声を上げる。

声をかけられたライラは慌てて布を丸めた。両手に隠す。

「いや、いいんだ。これは自分で……。本当に、いいから。……あ、そうだ。お茶、お茶が飲みたいな」

「……そうですか？」

怪訝《けげん》そうに首を傾《かし》げたリンジェは、それでも引いた。しつこくしないのが、彼のいいところだ。

「では、朝食の用意もお持ちしますね」

開けたままにしていた扉が、きちんと閉じられた。

なにかを察したようには思えなかったが、見かけほどウブな少年じゃない。

ライラが必死に隠した布が下着であることも、それがどんな粗相で汚れたかも想像がついているだろう。

また、重いため息をつき、濡《ぬ》れた下着を強く絞った。

ライラの身体《からだ》で初めて射精した日から、もう一週間以上過ぎている。

湖畔から後宮へ戻り、日常はすぐに戻ってきた。唯一の変化は、ライラの身体が知った快感だ。

向こうの世界で感じていたものよりも、何倍も強く刺激的で、数日はそのことしか考えられなかった。それなりに処理をしたが、このざまだ。

湿り気に飛び起きた瞬間の、心臓が止まりそうな衝撃は、思い出すだけで身体に悪い。

つまりは夢精だった。見ていた夢の内容は覚えていない。

でも、想像はつく。ムラムラとした感情を自己処理するたびに思い出すのはジョゼのことだ。いつもは必死になって想像の外に押しやっている。

（……どうしよう）

絞った下着を何度も引っ張って伸ばし、ライラは宙を見つめた。

ジョゼのことは嫌いじゃない。むしろ、好ましい。

しかし、それは友情に近い感情だ。そう思ってきた。

ジョゼは王だから、友人なんて気安くは呼べないが、素直に尊敬している。

そんな相手と、あんなことになってしまった。

（問題は……）

がっくりと肩を落として、蛇口の水を止める。洗いたての下着を握りしめて、目の前の鏡を見つめた。

黒い瞳《ひとみ》のライラがそこにいる。憂いを秘め、涼しげに美しい。

（ジョゼの態度が、変わらないってことだ）

湖畔の音楽祭から戻った後も、夜になると話をするためにやってくる。

ぎこちなさはどこにもなく、前よりも積極的に国政の話をするようになった。もちろん雑談に混ぜて、だ。

初めはどぎまぎしたライラも、会話をしているときはジョゼを意識しなくなった。

でも、前と違い、ジョゼは寝落ちすることなく帰っていく。

必然、ライラは自室のベッドで眠ることになる。

ついさっきまでジョゼがクッションにもたれていたベッドの端に横たわると、彼の残り香を意識せずにいられない。

(恋……？　いや、違うだろ。こんなの……)

これが恋だとしたら、不謹慎が過ぎる。

好きと言う前から、触れられて与えられた快感に参ってしまっているのだ。

「違う」

ライラの声で言うと、やけにしらじらしく聞こえる。

(ジョゼは気にしてない。なんとも思ってない。あんなのは、突発的な交通事故だ)

自分を納得させようとする言葉にちくりと胸を刺され、鏡に映るライラの美貌《びぼう》から視線をそらした。


ルブローデの夏は花盛りだ。

太陽光に透けて鮮やかなネオンピンクの花が咲き始めたのに気づく。

日差しは強いが、風の吹く日陰は涼しくて過ごしやすい。後宮から王宮へ向かうライラの髪も風に揺れる。

音楽祭の衣装がきっかけで、普段着もリロンザの見立てで揃《そろ》えることになった。

着心地がよくて、悪目立ちしないけど見栄えがいい服だ。

その中から選んだ、グラデーションのかかった紺染めの長着に、足首を絞った黒のズボン。履物は、お気に入りのサンダルだ。革で編んである。

手製の辞書から必要な部分だけを選んで入れた布袋は、肩から斜めにさげていた。

王宮の中にある先王の書斎の前で、首にかけた鍵《かぎ》を引っ張り出す。扉の鍵穴に差し込んだ。しかし、すでに鍵は開いていた。

合鍵を持っているのはジョゼだけだ。重いドアを静かに押し開くと、声が聞こえた。

「おまえはライラを信用しているのか」

そう言ったのは、低いジョゼの声。

「ぼくは信用できると思っています」

答えたのは、幼さの残る高い声。リンジェだ。

二人はライラの話をしていた。

声をかけることができず、ライラは書棚の陰に隠れた。

どんな話をしているのか聞きたかったからだ。

「ライラさまはこちらが驚くほど純粋な方です。おそらく、生まれてこの方、計略などに関《かか》わったことがないのでは……」

「それは……そうだな」

ジョゼの笑い声が低く響いた。嘲《あざけ》っている雰囲気ではない。

「育ちがいいのでしょう」

「……そこが、また難しい」

「どうかなさったんですか」

王の鬱屈《うっくつ》を案じたリンジェは、すぐに言葉を翻した。

「ぼくなどが差し出がましいことを」

「いや、いいんだ。他に打ち明けるあてもない。おまえが聞いてくれ」

ジョゼの発言で、リンジェは黙り込んだ。

盗み聞きをしているライラも緊張する。

「……ライラは真面目《まじめ》でいい男だ。外見にこだわらず、自我を持っている。……だから、少々、困惑している」

「音楽祭の夜に、なにか諍《いさか》いでも、おありでしたか。帰路では、お二方ともよそよそしく思えました。誤解が生じているのでしたら……」

「誤解、か」

ジョゼの声が物憂く沈む。

「そうだな。誤解させてしまったかも知れない」

その声は悲しげにも聞こえ、ライラはこらえきれずにこっそりと書斎の中を覗き込んだ。

広い部屋の、手前の方で話している。

リンジェの背中が見え、その向こうにジョゼがいた。

開けた窓辺に腰かけ、片膝《かたひざ》を抱いている。向こうを見ているから、表情はわからない。

それでも、身体中を包み込んでいる憂いの雰囲気はわかった。

「ライラを信じたいと思うが、フェルディナンドといるのを見ると胸が騒ぐ」

「裏切られると思っておいでなのですか？　ライラさまに限って……」

両手の拳《こぶし》を握ったリンジェが身を乗り出す。

ジョゼは振り向かなかった。片手の拳を、自分のくちびるに押し当てる。

「どうして、そう言える。無垢《むく》に見えても、ライラは異国の……異世界の人間だ」

「本当にそうなのでしょうか。ヘルヤールをお呼びになって、確認された方がいいのでは」

「……フェルディナンドは、ヘルヤールに調薬させている。骨折が治ったとライラは驚いていたが、それだけとは思えない」

ジョゼの言葉に、ライラは驚いた。あの死にそうに不味《まず》い薬に、治癒を早める以外の効能などあるのだろうか。

「ライラが無関係とは思えない。フェルディナンドの執拗《しつよう》さは常軌を逸している。音楽祭のときも隙《すき》を見て近づいていた」

「……やはり共犯だと」

「いや……、そんな雰囲気ではなかった。ライラをそばに置いておきたい理由が、他になにか存在するはずだ。口説くにしても情緒がない。……言いたいことがありそうだな」

真剣だったジョゼの声が和んだ。

リンジェはもじもじして、うつむく。

「ジェフロワさまは、やはりライラさまを信用していらっしゃるんですね」

「どうしてだ」

「フェルディナンドさまとの仲をお認めにならないので……」

「それは、わたしの願望だ」

ジョゼはぽつりと言った。それからリンジェを少し見て、また外を眺める。

「ヘルヤールを呼べば、ライラがどこの国の人間か、本当に異世界から来たのか、それはわかるだろう。しかし、飲んだ薬の効き目は永遠に謎《なぞ》だ。同じヘルヤールが現れることはない。リンジェ。なにがあろうとも、わたしはライラをそばに置きたい。あれほど、打てば響く相談相手はいない。そのことには留意して動いてくれ」

「承知しました」

二人の会話が終わる気配を感じ、ライラは慌ててその場を離れた。

重い扉を引き、その隙間をするりと抜ける。書斎から急いで遠ざかった。

(あの二人は、なにの話をしていた……？　俺のこと？　それから、フェルディナンドだ。……ジョゼは俺を疑ってる。フェルディナンドの仲間？　どうして……)

考えが頭の中をぐるぐると回り、いつのまにか王宮から後宮に渡る廊下へさしかかっていた。

そのまま自室へ戻ろうとしたライラは、廊下の途中で引き止められる。

誰《だれ》かに腕を引っ張られ、強引に外へ連れ出された。王宮の壁へと追い込まれる。

「すまない。待ち伏せていたんだ。ここでしか、きみには会えない」

(フェルディナンド……)

ジョゼとリンジェのやり取りが思い出され、ライラは身を固くした。

それがなくても、フェルディナンドとは二人きりになりたくない。無理やりに迫られたら、腕力ではとてもかなわないとわかっているからだ。

「急いでいます」

どうせたいした用事はないだろうと言わんばかりにかわしたが、壁とフェルディナンドから逃げることはできなかった。両手に閉じ込められる。

「こういうことは困ります！」

「……ジョゼに嫌われると困るからか」

驚いて視線を向ける。フェルディナンドはくちびるの端を歪め、もの悲しそうに目を細めた。

「音楽祭の夜、きみを訪ねようと屋敷まで行ったんだ。でも……、そういうことなんだろう。カーテンの陰で抱き合っているのを見た……」

「……っ」

弁解しようとしたライラのくちびるを、フェルディナンドの人差し指が押さえる。

「男同士が嫌だなんて、不思議なことを言うと思っていたよ。同性同士が禁忌になる国なんて聞いたことがない。初めから、後宮入りを狙《ねら》って、わたしのもとへ来たのか」

「どうして、そうなるんですか」

「きみと会った場所は、わたしの散歩道だ。それぐらい調べればわかることなんだ。……思い出せないか？　それは仕方ない」

フェルディナンドの指が、肩につくライラの髪を指で梳《す》いた。

寒気を感じて震えたライラの脳裏に、ひとつの答えが浮かんだ。

音楽祭の夜、フェルディナンドの言葉に覚えた、記憶についての違和感。

そして、ジョゼが話していたヘルヤールの薬のこと。

「俺の記憶を消したのは……」

「消して欲しいと言ったのはきみだ。思い出したくないことがあると……」

フェルディナンドは視線を伏せた。

(嘘《うそ》だ)

喉元《のどもと》まで出かかった言葉を飲み込み、目の前の男を見つめる。フェルディナンドは息をするように嘘をついている。

「記憶は少しずつ薄れると、ヘルヤールから言われたんだ。だから、いつもきみが心配で、いままでも、そうだ」

「俺が、自分で？」

ライラは震える声で問い直した。

あのヘルヤールは、頼まれた通りの薬を作らなかったのだ。

ライラが異世界から来たと知り、治癒を早める薬だけを作った。そして、異世界から来たこともフェルディナンドには言わなかった。

どうせ信じないと思ったのかも知れない。

「……覚えてない」

ライラの態度が不安げに見えたのか、フェルディナンドの視線にはあからさまな同情の色が浮かぶ。

「いいんだ、ライラ。思い出さなくていい。ジョゼと結ばれたなら、きみはもうわたしの手が届く人じゃない。わたしは潔く身を引く」

沈んだ声で言ったフェルナンドの手が頬《ほお》に触れてくる。

ライラはとっさに避けた。

「きみが、王の乳兄弟を欺いて、王に近づいたことも黙っていよう。その代わりに、頼みがある」

ひたりと、指が首筋に押し当たる。まるでナイフを突きつけられたような気分になり、ライラは怯《おび》えた目でひとりよがりに話すフェルディナンドを見た。欺いたつもりはないが、言っても聞かない男だ。

「幻滅されたくはないだろう？　ジョゼはいまだかつて、後宮の誰にも情を与えていない。王座に就くまでは、わたしや友人たちと遊び歩いたものだが……。選んだ相手の正体を知ったら、どう思うだろうか」

「脅してるんですか」

まっすぐに目を見つめると、フェルディナンドはぐいと顔を近づけてきた。膝がライラの足の間に入る。

「本当に男なのか？」

「……身を引くと言ったくせに……っ」

たまらず、男の胸を押し返した。

「頼みを言ってください。内容によります。ジョゼのことは、裏切れない」

睨《にら》みつけると、フェルディナンドは身体を離すことさえ惜しそうに眉《まゆ》をひそめた。そして、ジャケットのポケットから折りたたんだ紙を取り出す。

「ここに書いた本を書斎から探してくれ。ジョゼを裏切ることにはならない。元は祖父の形見だ」

「……そこに、宝の地図でも書いてあるんですか」

「意地の悪いことを言わないでくれ」

紙をライラの手に握らせ、フェルディナンドは両手を上げて後ずさる。

「ジョゼには、くれぐれも内密にしてくれ。きみの失った過去を知られたら、ここにはいられなくなるんだから」

フェルディナンドに釘《くぎ》を刺されたが、そんなものは存在しない。

ライラが記憶を失ったと思い込み、脅しをかけているのだ。やはり姑息《こそく》な男だった。

「きみを救ったわたしへの恩返しだと思ってくれ。その本が手に入れば、きみの前には二度と現れないと約束する」

「本当ですか」

小さく息を吸い込み、ライラは必死になる振りをした。フェルディナンドは、弱々しい笑みを浮かべる。失恋した男の悲哀を演じているのだろう。

「……たった一冊のたわいもない本だ。それで、祖父の秘密が守られる。……いいね」

「約束を守ってもらえるなら」

手渡された紙を胸にぎゅっと押し当てたライラは、フェルディナンドを見上げる。

「もちろんだ。ライラ。きみの幸せを願っている」

そう言われ、廊下の方へと背中を押し出された。ライラはゆっくりと歩いていく。

中へ戻るとき、一度だけ振り向いた。

フェルディナンドは善人の振りをして、そこに立っていた。

＊＊＊

紙を押しつけられた日から、ライラは本を探し始めた。

まずは、すでにできあがっているリストを確認する。書斎の床やテーブルに置かれていたものだ。

そこに該当するタイトルがなかったので、翌日からは、日中に書斎で新たなリストを作成し、夜に自室でタイトルを突き合わせることにした。

ルブローデの古典文字は複雑で、まだ完全には読めない。

背表紙にタイトルがない本も多い上に、書斎の本はざっと見積もって千冊を超える。このすべてのタイトルを調べるとなると、先の長い話だ。

五日ほどが過ぎると、ライラは焦り始めた。急《せ》いたフェルディナンドが現れないとも限らないからだ。彼には会いたくなかった。あの日の態度が気に食わないし、なにより、記憶に関する嘘が腹立たしい。

なれなれしく口説かれていたときでさえ、こんな怒りは感じなかった。

うっとうしかったが、恩人だと思っていたし、友人としては付き合えると思ってきたからだ。

しかし、相手はライラを侮っている。外見で判断されていることは、明白だった。

霧雨が降り始め、リンジェと手分けして窓を閉めて回る。その後で、ライラは書斎の扉に内鍵をかけた。

「リンジェ、いいかな？」

部屋の奥へ来るように手招きすると、少年は素直に窓辺から離れる。

いつものニコニコと機嫌のよい顔で近づいてきた。

「相談があるんだけど」

と切り出すと、大きな瞳がキラッと輝いた。

「ジェフロワさまのことですか？　気になりますか？　決まった方はおられませんし、とってもいい方です！　ご存じですよね。そうですよね」

矢継ぎ早に言われてあ然とした。

書斎で盗み聞きした話の内容を思い出し、複雑な気分になる。

フェルディナンドのこと以外、スコンと抜け落ちていた。リンジェとジェフロワは、ライラが信用に足るかと話していたのだ。

「あ、いや……そういうことじゃなくて、ね……」

ライラがおずおずと答えると、リンジェの頬は真っ赤になった。自分が先走ったと気づいたのだ。

「す、す、すみませんっ……」

ボッと赤くなった後で、サーと青ざめた。ジョゼに対する罪悪感だろう。

「あー、あー、あー」

ライラは戸惑って、声を上げる。明らかに、話は脱線していた。

「とりあえず、その話は横に置いておこうか」

見えない箱を横にずらすと、リンジェは興味深そうにまばたきをして笑った。

「なんですか、それ。おもしろいですね」

こちらの世界では使われていない表現らしい。

「それもいいから。……あんまりおおげさに取らないで、聞いて。……フェルディナンドから、この本を探して欲しいって言われたんだ」

紙を開いて差し出すと、柔らかな曲線を描くリンジェの眉が、きりりと吊《つ》り上がった。

フェルディナンドの名前が、彼をナーバスにさせる。

「失礼します。……どうしてこんな本？」

タイトルは『リンガリンゴの紀行』だ。つまり旅の記録ということになる。

「リンガリンゴって、なに？」

ライラから問いかける。

旅行記は理解できたが、リンガリンゴの意味はわからない。

しかし、リンジェも首を傾げた。

「聞いたことがありません。地名でしょうか。もしかしたら人名かも知れませんが、聞いたことはないです。この本がここにあると？」

「あいつはそう言っていた。祖父の形見だと……。まぁ、嘘だろう」

口調が強くなったことに聡《さと》く気づいたリンジェの表情が、また厳しくなる。

「ライラさま。ヤツになにを言われました」

「俺は忘れ薬を飲まされたことになってる。あいつは俺の記憶がないと思って、作り話で脅してきた」

「なるほど……」

うなずいたリンジェはハタと顔を上げ、首を傾げた。

「脅されるような弱みをお持ちとは思えませんが……」

この少年は本当に頭が良い。回転が速いのだ。

ライラは息をついて、こめかみを指先で掻《か》いた。

「ちょっとした誤解だよ。俺と、ジョゼが……、そういう仲になったと思ってる」

「……思ってるだけですか？　それは誤解ではないのでは……」

言った後で、リンジェは頬を染めてうつむいた。

「申し訳ありません。先を急ぎました。妙な勘ぐりを……」

「いや。それに近いことがあったのは確かだ。あの夜は、音楽祭が思った以上に楽しくて、俺もハメをはずしたんだ。それだけだよ」

まだ幼い彼に本当のことは言えない。

「後悔しているんですか？」

「どう受け取ればいいのか、わからない。俺は……、男と恋愛したことがない」

正直にいえば、女とだってろくに恋愛はしていなかった。

高校生の頃はカノジョもいたが、手を繋《つな》いでキスをしただけだ。その先はほとんど童貞に近い。

プロポーズをすげなく断った女とも、挿入には至らなかったぐらいだ。

「……リンジェは、俺が異世界から来たってことを信じてないだろう」

「よくわかりません。ぼくはヘルヤールにも会ったことがないんです。彼らは貴族の、特に特権を持った人間にしか呼べないので」

「フェルディナンドは呼んでいたけど？」

「それですよ」

リンジェの目がきらりと光った。

「おいそれと呼び出せるわけじゃない。報酬も高いんです。ヤツは確かに貴族であり、ジェフロワさまの乳兄弟ですが、ラレテイ家の跡継ぎは母親違いの長兄です。自由になる金は限られているはずです」

「裏がありそうか」

「わかりません」

あっさり言ったのは、知っていても答えるつもりがないからだろう。

「リンジェ。俺がどこから来たのかなんて、そんなことを信じて欲しいとは思ってない。ただ、俺自身を信じてくれるなら、この本のことを一緒に考えてくれないか」

黙ったリンジェは、答えを迷うようにライラを見た。

だから、ライラは言葉を続ける。

「俺はフェルディナンドを信用していない。脅されて、友人になることも無理だとわかった。あいつはこの身体を、ただのきれいな容器だと思っている。中身のことは少しも考えていない。あの男のそばで飼い殺しにされるのは絶対に嫌だ」

「……ライラさま」

リンジェの手が、しっかりと手首に巻きついてくる。ぎゅっと握られた。

「絶対に、そんなことはさせません。このことは、ぼくも一緒に考えます。もちろんです。しかし、少しでも早く、ジェフロワさまにもお伝えすることです。あなたの言葉で」

リンジェに頼もうと思っていた心を読まれたように釘を刺される。

「誤解されたら……、俺には説明できない」

ジョゼは、ライラを信じ切ってはいないのだ。

それでも、人間性を信用し、信じたいと思ってくれている。言葉が足りないせいで台無しにはしたくない。

「なにを誤解するんですか」

強い口調で言ったリンジェは、ライラを勇気づけようとするように笑顔を見せた。

「それがわからないから……」

言えないのだ。

前は夜更けまで続いた雑談も、この頃は夜の早い時間に少しだけだ。

ジョゼが泊まっていくこともなくなった。

距離を取られているのだと、ライラにもわかっている。

「ライラさま、いいんですよ。それはほっきりしていなくても。この本のこと、ぼくに教えてくださって、本当にありがとうございます。今夜、ジェフロワさまとお話ができるように段取りをつけます。お二人が話された後で、ぼくがもう一度、説明をしておきます」

「……それなら、初めから」

「できません」

リンジェの手がするりと離れた。巻き毛を揺らして首を振る。

「ジェフロワさまは、ライラさまを信じています。……ライラさまは信じられませんか？」

「信じてるよ。ジョゼはとても立派な王だ。……賢王って言うんだろう？　そう思ってる」

「では、我らが王を信じて、お話しください」

「……わかった。そうしよう」

自分の言葉で伝えるのが、やはり一番いいのだろう。

フェルディナンドへの不信感も伝わるはずだ。そうすれば、協力者ではないと、心から納得してもらえるかも知れない。

「それにしても……、彼はなにを忘れさせたかったのでしょうか。見ず知らずの男を拾って、すぐに記憶を消すなんて妙です」

「……俺をジョゼの近くにやって、この本を探させたかったとか」

「それではあまりにも適当ではないですか。この書斎には十年間、誰も足を踏み入れなかったわけですから。本の整理を頼まれたのも、ライラさまへの信頼があってのことです。書斎のことは、いつ話しましたか？」

「音楽祭の夜だ。話を変えたくて、つい……」

「あなたがこの書斎を整理していることは、秘密でもなんでもありません。だから、つまり、忘れさせたかったことをライラさまが覚えていないと確信したので、利用方法を変えたのでしょう」

「俺をあきらめたって話は？」

おずおず尋ねると、リンジェはからりと笑った。

「それは本当でしょう。後宮で暮らしているお気に入りであれば、誰も手出しはできません。重罪ですよ」

「あぁ、じゃあ……」

肩の力が抜けた。心底、ホッとする。

この問題が終われば、もうあの目で見られることもないのだ。

「いっそ、そうなってしまえばいいのでは」

「え？」

聞き返すと、リンジェは背を向けた。

「いえ、なにも……。さぁ、霧雨は去ったでしょうか」

ごまかしながら、窓の方へ歩いていった。


ジョゼと会う約束は、夕食の後、いつもより早い時間に決まった。

庭を散策しながらと誘われ、落ち合う場所まではリンジェに連れていってもらう。

庭の入り口付近でにこやかに見送られながら、ライラは居心地悪くジョゼの背中を追った。

庭には遊歩道があり、掲げられたランプに明かりが灯《とも》っている。

薄暗くて、木も花もはっきりとは見えない。その代わりに、どこからともなく漂う花の匂《にお》いがはっきりと感じられた。

甘い香りを感じて歩けば、ある場所からふっと爽《さわ》やかな香りに変わる。

「忙しそうですね」

ゆっくりと歩くジョゼの背中に、ライラから声をかけた。

「この頃は、夜も早く帰ってしまうし。まぁ、こうも毎日では、話題も……」

足を止めたジョゼが振り向いた。

「足元が悪いから、摑《つか》まるといい」

手を握られ、肘《ひじ》に促される。

まるで寄り添うようになったが、断れない。

触れた瞬間に、いつもの柑橘《かんきつ》の香りが漂い、もっと吸い込みたくてそばに寄ってしまう。

「飽きたと思っているなら、誤解だ」

歩き出したジョゼが言った。静かな声は穏やかだ。

「きみを以前と同じようには見られない。わかっているだろう」

なにげなさを装っているのは、ライラへの気づかいだ。男同士に壁を感じてしまう価値観を、ジョゼは否定しない。

「……理性がもたない」

ぼそりと言われ、ライラは肘に摑まっていた手を引いた。

どちらの足も止まる。

「ジョゼはどうしたいんですか。この身体が気に入ったって言うなら、それがどうしてもって言うなら……、考えないでもない」

出した声はとげとげしく、自分でも戸惑うほど攻撃的だ。

取り繕えず、ライラはうつむいた。

（最低だ……。こんなの）

肝心な話をしないうちから、ケンカ腰になってしまった。しかも相手は王だ。

異国の人間だからと愛称で呼ぶことが許されているが、本来ならよほどの関係でしか認められない。まだ、なにも特別じゃない二人だ。

「ごめんなさい」

後ずさった腕を、ジョゼがすかさず掴んでくる。

「逃げるな。逃げないでくれ」

「……逃げません」

それでもジョゼの手はライラの腕を掴んだままだ。

「怒ったのか」

「王さまを相手に、そんなことはできません」

「ライラ」

ジョゼの声にピリッと鋭さが走り、ライラは背筋を震わせた。

苛立《いらだ》ちではなく、怒りの感情だ。思わず顔を上げて見つめる。

「俺はこの世界に来て、この身体になったんです。本当はもっと背が高くて、身体も鍛えていて、ジョゼより十歳も年上なんです」

「なるほど、落ちつきがあると思った」

ジョゼの微笑《ほほえ》みが今日に限って憎らしい。信じていないのかも知れない。ライラは否定のために首を振った。

「落ちついていません。言葉がわからないから、自分の言葉じゃないから、そう思うだけで……俺は、こんな人間じゃない」

自分がどんな言葉を使っているのかも、よくわかっていないのだ。

場所に合っているのか、立場に合っているのか。本当に丁寧語で話せているのかも定かではなかった。

だから、話している言葉がどれほど誠実に感じられても、上辺だけのことだ。外見がライラになっているのと変わらない。

「きみは誠実で、前向きで、ひとつのことに打ち込む集中力のある男だ。……尊敬しているよ。そうでなければ、国政の愚痴を聞かせたりはしない」

「あれは愚痴ではありません。いつだって、もっと良くなるための答えを探していたじゃないですか」

「きみだからだ。……きみだから、話ができた。どんなことでも、解決策を見いだそうとしてくれる。自分の国の話を出して、例えを聞かせてくれるじゃないか」

ジョゼは真摯《しんし》に言葉を重ねる。彼の方が何倍も誠実だとライラは思った。年齢や外見を気にしている自分が恥ずかしくなる。

ジョゼが訴えているのは、信用と信頼に基づく愛情の話だ。フェルディナンドのように、外見に騙《だま》されて愛をささやいているわけじゃない。

「そんなことで……、相手に欲情はしないでしょう……」

声をひそめて言うと、

「言い訳に聞こえるか」

ジョゼの声が真剣味を帯びた。

素直にうなずいて、ジョゼを見つめる。

「どうしたらいいのか、わかりません。あの夜から、身体が変になった。ジョゼは男なのに、俺は、……考えるたびに変な気持ちになる」

喘《あえ》ぐように息をして、ジョゼに訴える。

（外見だとか年齢だとか、そんなことは、いまさら理由にならない。……わかってる。そんなこと。いまさら）

ライラは浅く息を吸い込む。

胸がキリキリと痛んだ。

いつからか、この姿が好きになっていた。ジョゼの隣にいて不足のない自分でいることに安心していた。

（だから、なんだ……。年下の男に、こんなこと言って）

情けないと思うよりも先に、言葉が出た。

「身体だけなのは、俺の方です。男同士はイヤだって言ったのに」

「ライラ、もういい」

そっとくちびるを押さえられる。

同じことを、フェルディナンドにされたときは怖気《おぞけ》が走った。

なのに、いまは、甘い痺《しび》れが走る。甘やかされて、胸の痛みが溶けていくみたいだ。

「急いで答えを出さないでくれ。それは否定にしかならないだろう。わたしの気持ちが信じられるときまで、待っている。……きみが欲しい気持ちに嘘はない。それは身も心もだ。わたしは、以前のきみを知らない。本当の名前をろくに発音できない。それでも、きみを呼ぶときは、異国の、異世界の名だと思って口にしている。それだけを……、いまはそれだけを、覚えていてくれ」

話し続けたジョゼは肩で息をした。

きりっとした眉がいつもよりも凛々《りり》しく見え、ライラの足元は地面を踏んでいてもふわふわする。

夜の庭に咲く白い花が、やけにはっきりと見えた。

「あの夜のことを、きちんと謝れなくて……。申し訳なく思っているんだ」

ジョゼに言われ、ライラは首を左右に振った。

「言わなくていいです」

言われると、思い出してしまう。身体はもう疼《うず》き始めている。

ライラは大きく息を吸い込んで、ことさらはっきりと声を出した。

「リンジェに相談したら、あなたにも話した方がいいと言われたことがあって……。フェルディナンドのことです」

名前を聞いた瞬間、ジョゼの顔つきが変わった。

「その表情なら、まだよからぬことはされていないな。なにがあった？」

「彼は、俺の記憶がヘルヤールの薬で失われたと思い込んでいます。だから、俺の過去をジョゼに知られたくなかったら、この本を探してくれと言われました。フェルディナンドは、自分の祖父の形見だと」

紙を差し出す。

「リンガリンゴの紀行？」

「本はまだ見つかっていません。本当にこんな本があるかどうか……」

「フェルディナンドの祖父と先王は、仲が良かったんだ。あの書斎も二人の研究所のような扱いだったと聞いたことがある。彼の祖父の研究を父が継いだのかも知れない」

「じゃあ、やっぱりありますか」

「あったとして、なにの価値があるのか。フェルディナンドの利になること……」

ライラの腕からジョゼの手が離れる。

考え込んだジョゼは、ひとりで歩き出す。

ライラは、考え込んだ彼を邪魔しないようについて歩いた。

そして、ぼんやりと空を見上げる。星は今夜も輝いていた。まるで砂を撒《ま》いたように、細やかにキラキラと輝いている。

（ここにも、北極星はあるんだろうか）

ぐるりと辺りを見渡し、ハッとした。

「ジョゼ！」

飛びつくようにして腕を引く。驚きながら振り向いたジョゼに詰め寄った。

「やっぱり宝の地図なんだよ！　鉱脈だ！　あの書斎で、先王は鉱脈について……。あ、でも、フェルディナンドが得するわけじゃないのか」

「ライラ！」

今度はジョゼが叫んだ。それと同時にひょいと縦に抱き上げられた。くるくるっと回転して下ろされる。ジョゼが浮かれたのを見たのは初めてだ。

ライラは目を点にしたが、ジョゼは気にせず言った。

「ルブローデでは、鉱脈の発見者は発掘利権を国と共有できるんだ。半分半分になる」

「じゃあ……」

「宝の地図だ」

答えが出たのに、ジョゼは少しも嬉《うれ》しそうではなかった。それどころか、硬い表情で黙り込む。

ライラの肩に手を置き、身を屈《かが》めた。

「思い出して欲しい。この世界に来たとき、なにを見た？　フェルディナンドと初めて会ったとき、彼はなにをしていた。本当に、思い出せないか？　なにも？」

「えっ？」

「彼はひとりだったか？　場所は？」

「フェルディナンドは別荘のそばだって言ってた。散歩道だって」

「散歩道になりそうな場所の近くに崖《がけ》はない。あの別荘は隣国のすぐそばだ。おそらく国境に近い場所にある崖だろう」

「……あのとき」

おぼろげな記憶を懸命に探り、ライラは眉をひそめた。

ひとつひとつ順を追って思い出す。

横断歩道で車に撥《は》ねられて、空を飛んで、落ちたら崖の下だった。

しばらく、そこにいて、痛みが引いてきたから動いた。

でも、動けば迷子になると思って、そして。

記憶が鈍くフラッシュバックした。それはなぜか、音楽祭の景色になる。

「群舞の後、どこかで見た男がいた」

思いつくまま、言葉にする。

「頬からあごにかけて、ヒゲが生えた男……。森の中でも、見た。いたんだ、フェルディナンドと」

謎が解けて、ライラはぼんやりしたまま、ジョゼを見た。

「あの男は、なにをしていたんだろう？　あんな森の中で」

「……鉱石の密売だ」

声をひそめたジョゼは、簡単に答えを明かした。

「疑惑は前々からあった。調べているうちに、リンジェが巻き込まれた事件へ行き当たったんだ」

「養い家族を失った話ですか」

ライラが答えると、ジョゼは眉根を開いた。

「あぁ、話していたか。それならよかった。彼の養い家族三組すべてが、密売に巻き込まれた可能性があるんだ。しかし、フェルディナンドが直接関与した証拠がない」

「フェルディナンドはどうして、そんなことに関わっているんですか」

「後妻の子で、次男だからだ。金が欲しいんだろう。……賭《か》けごとを覚えてからだ。わたしとも距離ができて、評判の悪い連中と付き合うようになった」

苦しげに眉をひそめたジョゼは、思い切るようにブルブルッと顔を振った。

「わたしは、ヒゲの男を探そう。……きみは、この本を最優先で探してくれ」

「わかりました」

「お手柄だよ、ライラ」

そっと頬を撫《な》でられ、なにげない仕草に胸が高鳴った。

ハッとして視線をそらすと、ジョゼは見ぬ振りでライラの背中を促した。

「部屋まで送ろう」

紳士的に言われて、もう少し歩きたいと思ったライラは言葉を飲んだ。来た道を戻る。

「俺が、彼の手先だと思って、リンジェを世話係にしたんですか」

「……初めは、そうだ」

「いつから、違うと思ったんです？」

ライラの足取りはどんどんゆっくりになる。ジョゼも歩調をゆるめた。

「記憶のない振りが上手すぎたからだ。異世界の事情も作り込まれていたし、なにより、あれほど言葉を学ぶ必要はないだろう。文字は各国共通なんだ。きみはそれも知らなかったし、独自の文字を使っている」

「ヘルヤールを呼べば、すぐにわかったことですよね……」

「彼らは嘘をつく。たとえば、きみの記憶を消さなかったように。我々がなにを求めても、彼らは彼らのしたいことしか行わない。治癒を早める薬が死に至る薬だとしても、効き目が出た頃には消えている。そういう相手だ。同じヘルヤールとは、二度と会えない」

「……フェルディナンドは、俺が死んでもかまわないと思ったわけですか」

外見の美しさがなかったなら、その場で殺されていた可能性もある。

「きみがはかなげに見えたんだろう。恩人であれば、無条件に受け入れてもらえると思ったんだ。だから、あいつはダメだ」

「どうなってしまうんですか」

嘘ばかりつく悪人でも、あまりに酷《ひど》い処罰は想像したくない。

「証拠が揃えば、裁きにかける。乳兄弟であっても罪は罪だ。ルブローデの貴族は、特権を得ている代わりに清廉でなければならない。だからこそ、市民は特権を許容するんだ。その原則は裏切れない」

はっきりと言い切ったジョゼの信条はすでに知っている。

夜毎《よごと》の雑談の中でも繰り返し聞いてきた。彼ほど自分に厳しい人間は、向こうの世界でも見たことがない。

後宮の建物の中に入ると、ライラの部屋まではあっという間だ。

もう少し話をするきっかけの言葉を探したが、なにも思いつかなかった。

お茶も、酒も、白々しいし、陳腐だ。

「送ってくれて……ありがとうございます」

そんな言葉もうんざりするほどありきたりで、ライラは自分の不器用さを恨んだ。

ジョゼが扉を開けてくれる。

優しさだとわかっていても、あっさりしすぎていると思った。

年下のくせに余裕があるのが癪《しゃく》に障り、もうなにも言わずに部屋に入る。

でも、最後に振り返った瞬間、不満が顔に出てしまう。

ジョゼの手が伸びてきて、身体が扉の内側に滑り込んだ。抱きしめられた身体がくるりと反転して、閉じた扉に背が当たる。

「ん……」

有無を言わさず、くちびるが重なった。

「んっ……んんっ」

ついばまれ、舌で舐《な》められ、貪《むさぼ》られる。

(年下の、余裕?)

それだけが頭をぐるぐると回り、キスを奪われたライラは腕を二人の間にねじ込んだ。

余裕なんて、ジョゼの仕草のどこにもなかった。

互いを貪る激しいキスが苦しくて、ねじ込んだ腕でジョゼの胸を押し返すつもりだった。

なのに、肘をぐいと押し上げられ、勢い余って首筋に巻きつけてしまう。

（バカ……）

自分自身を罵りながら、あとはもうキスに夢中になった。

身体を押しつけ合うだけで高揚して、扉から壁へと転がるように場所を入れ替える。

「ライラ……」

離れたジョゼのくちびるを、つま先立ちで伸び上がりながらついばむ。

熱い息づかいはライラのものだ。

だから、それにも興奮した。

自分であって、自分じゃない。でも、自分自身だ。

外見だけなら、間違いなくジョゼにふさわしい。

「いけない、ライラ」

そう言いながら、ジョゼは強い拒絶をしない。

昂《たか》ぶった気持ちを落ちつかせようとするようにライラの髪を撫で、首筋をさすり、額同士を押し当てて腰を離す。

「待つと言っただろう。きみの中で、わたしの性別が苦にならなくなるとき……、そのときを待つ。……後悔させたくない」

ジョゼの言葉には、身体だけならライラを満足させる自信がみなぎっていた。若い自意識は、経験と自信に裏付けされている。

キスをしたくせにと文句を言いかけたライラは視線をそらして、奥歯を噛んだ。

そんなことはどうでもいいと、言いたい。でも言えない。

男同士だからじゃない。

まだ、好意が友情を超えないからだ。

「おやすみ、ライラ。今夜も、夜通し、きみを想っている」

甘いささやきがキスを額に残して離れ、ジョゼは未練も残さずに部屋を出ていく。

その潔さが胸に沁《し》みる。

いつだって、ジョゼは清廉な紳士だ。キスを求めたのは、ライラの方だった。

全身で見せた未練を放っておかなかったのは、優しさだろう。

残されたライラは喘ぐような息を繰り返し、その場にしゃがみ込んだ。

腕に抱えた膝へと顔を伏せる。引き止めなかったことを後悔して、そんな自分の弱さにくちびるを噛んだ。

5

片付け途中の本を抱えて、ライラはどこを見るともなく、ぼんやりしていた。

書斎の窓から風が吹き込む。

「ライラさま、片付けますすよ」

リンジェがひょいと本を抜き取っていく。

タイトルを書きつけた本を棚に戻し、未確認の本を書棚から運んでくる。

リスト化するならリンジェの方が早いのではないかと思ったが、彼は古典文字を学んでいない。読み書きできるのは書類などに使われる簡略文字だけだ。

なにも知らずに文字を学び始めたライラは、どちらも一緒に覚えたので、古典文字の装飾のバリエーションにも慣れている。

「どうかなさったんですか」

声をかけられて、ペンが止まっていたことに気がつく。

「お疲れでしょう。今日はここまでにしませんか」

「いや、でも……。早く見つけたいんだ」

「気持ちはわかりますが、お身体に悪いですよ」

「やけに体調を気にする……」

扉を叩《たた》く音に、言葉が遮られる。リンジェが応対に出た。

ペンを置いたライラは、見慣れない本が入り口近くのテーブルに置かれていることに、いまさら気がついた。そんなところへ置いた覚えがない。

リンジェが置いたのだろうかと思いながら、取りに行こうとしたところで異変に気がつく。応対に出ているはずのリンジェの声が聞こえない。嫌な予感が胸騒ぎを呼ぶ。

扉が見える場所まで近づいたライラは硬直した。

「ひっ……！」

同時に、リンジェの悲鳴が途切れる。

次の瞬間、大きな身体の男たちが書斎の中へ飛び込んできた。

口を押さえられたリンジェは抱えられ、足がバタバタと宙を蹴《け》っている。

「……っ」

とっさに声が出ず、ライラも男たちに取り押さえられた。抵抗しても無駄だ。

少しずつ筋トレをしているが、ライラの身体はまだまだ華奢《きゃしゃ》で、むんずと摑まれた腕は骨が折れそうに痛む。

二人がかりで口に布をかまされ、手足が縛られる。リンジェも同じようにされ、あっという間に、それぞれが大きな袋の中に詰め込まれてしまう。

「へぇ、本当にあるじゃないか。急ぐこともなかったか」

のんきに笑う声が聞こえ、ライラは袋の中でもがくのをやめた。

フェルディナンドの声だ。間違いない。

「まぁ、いい。さっさと運び出せ」

静かな声に命じられた男たちに抱え上げられる。

ライラとリンジェは、怪しまれることなく王宮から連れ出された。

男たちに担がれ、しばらくした後、硬い板の上に転がされる。

社交的なフェルディナンドの声がして、王宮の裏口から馬車で出ていくのだとわかった。

長い時間かかって運ばれ、袋から出されたときは身体中が痛んだ。

動物の鼻息が聞こえ、すぐそばには藁《わら》が積まれているのが見えた。馬小屋だ。

「リンジェ……ッ」

袋から出されたライラは、手足を縛られたまま、少年のそばへと這《は》った。

リンジェの手足が縛られていないのは、抵抗しなかったからだろう。殴られて気を失っているのか、目を閉じて転がっている。

「リンジェ……」

ライラが呼びかけて身体を揺すると、閉じていたまぶたが痙攣《けいれん》するように動き、やがてゆっくりと開かれた。

「……ライラさま？」

周囲を確認したリンジェは息を飲んだ。すぐに起き上がり、ライラを背に守る。

「子どものくせに生意気だな」

男たちを従えたフェルディナンドは、靴の裏でリンジェの肩を蹴った。

小脇《こわき》に分厚い本を抱えている。その本のタイトルがライラにも見えた。

表紙に大きく簡略文字で書かれている。

「それは……っ」

蹴られて倒れ込んだリンジェが飛び起き、燃えるような目でフェルディナンドを睨みつけた。

「頼んでいた本だ。見つけていたなら早く連絡を寄越せばいいものを。……でも、都合はよかった」

「王宮の書物は、王のものだ……」

言いながら、リンジェは、ライラの手足の紐《ひも》をほどこうとする。

しかし、別の男に引き剝《は》がされた。

とっさに助けに入ろうとしたライラを蹴り飛ばしたフェルディナンドが、太い本の角でリンジェのこめかみを打つ。

「おまえが鉱物商の生き残りだとは知らなかった。三回も生き延びるとは、よほどの恩知らずだな。一緒に死んでいればよかったものを……！」

罵られたリンジェの肩は、怒りでわなわなと震える。

それを見たフェルディナンドは、なおも嘲笑《ちょうしょう》を浮かべて言う。

「聞かせなくてもいいことを、ジョゼに話したのはおまえだろう。おかげで、目をつけられて、いい迷惑だ」

「……自業自得ですよ」

リンジェは肩をそびやかし、真っ向からフェルディナンドを見上げた。

「鉱石の横領と横流し。それを鉱石商のせいにして、死に追いやった……。裏で糸を引いたのはあなたでしょう！」

「証拠がないな。俺は王の乳兄弟だ」

フェルディナンドは平然と胸を張り、リンジェを見下すように視線を向ける。

リンジェも負けていなかった。大きな瞳を見開いて言い返す。

「金に困っていることは調べがついていますよ。あの方は、もうすべてをご存じです！」

「だから、なんだ」

「ライラさまを巻き込んでは、ますます立場が悪くなる。それもわからないなんて！」

「おまえはむち打ちにでもしてやろうか」

リンジェに対して鼻で笑ったフェルディナンドは、本を背後の男に預ける。ライラの前で身を屈めた。

「もっと素直になれば、こんなことにならずに済んだのに。きれいなライラ……。顔に似合わず、強情な男だ」

伸びてきた手が、髪を掴んだ。

それを引き剝がそうとするリンジェは、あっけなく突き飛ばされる。

ライラも抵抗を試みた。身をよじって逃れようとしたが、今度は髪を鷲掴《わしづか》みに引き戻される。

「ジョゼは、視察に出て不在だ。帰りは明日になる。……いいタイミングだろう、ライラ。おまえは邪魔になったリンジェを森で殺して、どこかへ消えるんだ」

「フェルディナンド……」

「その前に、おまえの味を確かめてやる。ジョゼに抱かれた身体を寝取って、ボロボロになるまで犯す……。あの男の落胆した顔を見るのが楽しみだ」

暗い笑みを浮かべたフェルディナンドは、ライラの髪を摑んだまま立ち上がる。痛みに顔をしかめたライラは、手足を縛られたまま膝立ちになる。

「そのガキは縛って転がしておけ」

そう言い放つと、男のひとりがニヤニヤしながら進み出てきた。

「どうせ殺すなら、その前にいいでしょう」

下卑た声には性的な興奮が滲《にじ》んでいる。

「好きにしろ」

片頬を歪めたフェルディナンドは、もうひとりに対して、ライラを担ぐように命じた。

自分はさっさと歩き出す。

「ライラさまっ……」

リンジェの声が悲痛に響き、男の肩に担がれたライラは背を反らした。懸命に視線を向けた。

少年の大きな目が追いすがってくる。

しかし、そこに絶望感はなかった。どうしてと疑問に思うほど、意志の強い目でライラを見た。

まるで、最後まで希望を捨てるなと言い聞かせるようだ。

（ジョゼは、視察に出てる……。助けは来ない。でも……）

ぐっと奥歯を噛んで、絶望を噛み砕いた。

（……希望は捨てない）

たとえ、ボロボロになったとしても、生きてさえいれば、ジョゼのそばにいられる。

きれいな身体じゃなくても、傷のついた顔になっても。

ジョゼはライラを遠ざけたりしないと信じられる。

彼のそばにいて、清らかな国政の手助けができればそれでいいと、ライラは思った。

（俺は男だから、元から、男に恋なんかしないんだから……、だから、だから……）

繰り返すたびに自分の本心がこぼれていく。

言葉にしない想いが胸に突き刺さり、爪痕《つめあと》を残す。

好きだった。もう、彼が好きだった。

待ってくれると言われたときから、本当は覚悟を決めていた。

心に整理をつけて、もっとちゃんと向き合うつもりでいたのだ。性別を超えて、ジョゼが好きだと、自分から言おうと、そう思っていた。

（言う。それは、言うんだ）
逆さまに運ばれるライラは涙をこらえて奥歯を嚙んだ。
生き延びて、いつか、きっと、伝える。
それだけを考えていなければ、心が折れてしまいそうだった。

ここがどこなのかは、すぐにわかった。
運び込まれた屋敷は、ラレテイ家の別荘だ。
この世界に来てすぐに匿《かくま》われた場所だった。
主寝室の床にどさりと下ろされ、ライラはそのまま伏せった。
泣き真似《まね》をするのは簡単だ。
本当に恐ろしいし、本当に悲しい。
「ジョゼのために泣くのか」
フェルディナンドに髪を摑まれ、乱暴に頭を引き上げられる。
痛みに顔をしかめながら、視線をそらした。
きれいなライラが、どんな表情をすれば気を引けるのか。考えるのもたやすい。

「……おまえが抵抗しないと約束するなら、手荒く扱うのはやめてやる。俺に奉仕できるか？」

顔を覗き込まれ、震えながら目を伏せた。くちびるを噛んで焦《じ》らす。

それから、できるかぎり頼りない視線を向けた。

かすかにうなずくと、フェルディナンドはごくりと息を飲む。

ライラ自身に見ることはできないが、よほど性的に魅力のある顔をしているのだろう。

「身体をきれいに、したいです……。お願いします」

時間稼ぎのつもりで頼む。

もしかしたら、後宮の中に、リンジェの不在に気づく人間がいるかも知れない。

（それで、助けが間に合うってものでもないだろうな）

そう思ったが、犯される覚悟なんてできるはずもなかった。

震える足で浴室へ向かい、服を脱ぐ。ガスがないからお湯は出ない。

夏だから水でも風邪《かぜ》はひかないだろう。

男たちの欲望に満ちた視線の中で、ライラはバスタブへ入った。蛇口をひねり、投げ込まれた布を濡らして身体を拭《ぬぐ》う。

馬小屋に残したリンジェを思うと、本物の涙が溢《あふ》れた。彼への仕打ちは、自分が同じことをされるよりも許せない。

　怒りで身体を震わせていると、男のひとりが怒鳴った。

「肝心なところもきれいにしろよ！」

「手伝ってやろうか」

　大きな体格の男たちが次々に野次を飛ばしてくる。

「おまえたちは向こうへ行っていろ」

　フェルディナンドが鋭く言い放ち、扉を閉めた。彼ひとりが浴室の中へ入ってくる。

　手近に置かれたイスを引き寄せ、バスタブのそばに座った。

「終わったらここへ来い。身体を見せろ」

　命じられて、ライラはうつむいた。くちびるを噛みながら、ゆっくりと身体を拭う。

　したくもなかったが下半身を念入りに清める振りをした。

　かける時間にも限りがある。

　あきらめて立ち上がり、フェルディナンドの前に立った。

「きれいな肉付きになったな。拾ったときは瘦《や》せこけていたのに」

　ここでも食事には困らなかったが、後宮はさらに贅沢《ぜいたく》だ。

　それに加え、筋トレやストレッチもかかさずに行った。本の上げ下げも運動になる。

「……リンジェを、どうするつもりですか」

口にすると涙がはらはらとこぼれた。

拭うことも忘れ、くちびるを噛む。

どんな酷いことをされているかと、想像するだけで全身が震えた。

「まだ子どもです……」

ライラはその場に崩れ落ち、両手両膝をついて頭を下げる。

「助けてやってください」

「無理だよ、ライラ」

フェルディナンドは冷たい嘲笑を浮かべた。

「言うなれば、もう三度も助けてやったんだ。それを恩に思うどころか、ジョゼに助けを求めた……。頭の悪い子どもは無意味だ。……ライラ、俺に逆らうつもりか？」

問われて、必死に頭を振った。否定する。

「そのまま這ってこい。俺のものを舐めろ」

前立てのボタンをはずしたフェルディナンドは、自分の股間《こかん》をまさぐった。いきり立ったものを引きずり出す。

ライラは顔を伏せた。見る気にはならない。

（ふざけるなよ……）

肩が震えて怒りで肌が燃えるように熱くなる。

許せない。とてもじゃないが、許せない。

悪事を働いてきたのはフェルディナンドだ。間違っているのはこの男だ。

なのに、なぜ、リンジェが傷つかなければならないのか。

うつむいたままでライラは視線を辺りに巡らせた。

抵抗しないで犯されるなんて、我慢ができない。

しかし、ずりずりと膝でにじり寄る。手を交互に出し、全裸で這いつくばったまま、ゆっくりと動いた。

視界の端に、身体を洗うためのブラシが見えた。柄の短いタイプのものだ。

武器になりそうなものはそれしかない。

ライラは覚悟を決めて手を伸ばす。思惑に気づいたフェルディナンドが、激昂《げっこう》して立ち上がる。

ブラシが蹴り飛ばされて飛んでいく。

「きさま！」

罵声《ばせい》を浴びせられたが、かまわずに身体の向きを変えた。イスの脚を摑んで、迷わずに振り回す。

鈍い音がして、フェルディナンドが叫んだ。

仲間を呼びつける怒声が響き、浴室の扉の向こうで物音がする。寝室の扉を開けた男たちが飛び込んできたのだろう。

ライラはかまわずにフェルディナンドの腰を打った。

続けざまに、開いた扉へ向かって振りかざす。

背の高い男の影が飛び込んでくる。ライラは大声を上げ、イスを振るう。

その瞬間、相手の顔が見えた。

金色の髪に、凜々しい顔立ち。よく見知った顔はジョゼだ。

とっさに扉を閉めてくれたので、イスは扉に当たって跳ね返った。ライラの身体も、勢い余って弾《はじ》かれる。イスを投げ出し、倒れ込む。

足首をフェルディナンドに掴まれ、引きずり寄せられる。彼はまだ、味方の加勢があると思い込んでいるのだ。

「……ジョ、ゼ……ッ」

腰に乗り上げられ、首に指がかかる。ぐっと喉を絞められた。

「助けを呼んでも来ないぞ……」

フェルディナンドの瞳が獲物をいたぶる快感に燃え、ライラはその腕に短く切り揃えた爪を立てる。

「ぐっ……」

声が喉でくぐもった瞬間、

「が、はっ……ぁ！」

フェルディナンドが呻《うめ》いた。のしかかっていた身体が横に吹っ飛ばされる。

ジョゼだ。ジョゼの足が、フェルディナンドを容赦なく蹴り上げていた。

「失礼……」

ライラの腰をひょいとまたいだジョゼが、驚きで声を失ったフェルディナンドを追い込んだ。カチャリと鳴った音に振り向くと、きらめく刃《やいば》が見えた。

腰に下げたサーベルを抜いたのだ。

切っ先がフェルディナンドに向けられる。

「フェルディナンド＝ラレテイ。鉱石の密売、及び、王宮図書の窃盗で拘束する。鉱石商連続自死の件でも追訴だ。正当な裁きにかけられるのは、懸命な兄の嘆願によるものと心得ろ」

「……俺を売ったのか！」

フェルディナンドの声が浴室に響く。

ひとりの男が飛び込んできたが、追ってきた男たちに羽交い締めにされる。

騒ぎにあ然としたライラの身体がジョゼではない誰かによって布地に包まれ、男たちに踏まれない場所まで引きずられた。

初めに飛び込んできたのは、フェルディナンドの兄らしい。

不出来な弟を殺してくれと叫び、まわりの男たちに止められている。

「ライラさま……ご無事でしたか」

布の上からしがみつかれ、ハッと息を飲む。

「……リンジェ！」

ライラの身体に腕を回しているのはリンジェだ。少年の顔は血に汚れていた。乱暴に拭《ふ》き取ったらしく、赤い色がこすれて残っている。

「ケガを……」

「したのは相手です」

はっきりと強い口調で答えた。服の袖も赤く染まっている。

そして、全身に返り血が飛んでいた。

「……あの男を」

震えるライラの声に恥じたのか、リンジェは苦しげに目を伏せた。どうやったのかはわからないが、返り討ちにしたのだろう。

「よかった……」

ライラは布地を掻き分け、少年の頰に手を押し当てる。

かたわらではフェルディナンドを罵る声がなおも響いていた。激昂した兄と罪人である弟が浴室から連れ出されていく。

「……心配した。したんだ」

両手で耳元をまさぐると、リンジェはますます肩を落として小さくなる。

華奢に見える肩がわなわなと震え、顔の影から涙がぽたぽたと落ちた。

「リンジェ？　どこか、ケガを……」

「違う、違います……。ライラさま、よかった……。もしものことがあったら、って、ぼくは、もう……」

「問題なかっただろう」

静けさがことさら際立つ浴室にひとり残ったジョゼが、ライラとリンジェのそばに膝をついた。

「フェルディナンドに隙を与えるために、視察へ出ている振りをしたんだ。城を出てすぐに彼らを止めるはずだったが、手違いがあった」

「知らなかった」

「きみは素直だから、演技ができないだろう」

言われて、その通りだと思う。

こくこくとうなずき、リンジェを見た。泣いている彼の代わりにジョゼが口を開く。

「彼は特殊な訓練を受けているんだ。一度目に家族を失ったときから……。わたしが引き取ってからは本格的に……」

二度と大事な人を失うまいと願ったのだろう。

しかし、その後も二回、フェルディナンドによって家族を奪われてしまった。

「きみは……その……平気か」

ジョゼの視線が、布地に包まれたライラの身体からそれていく。

「平気です。リンジェと引き離されたとき、彼の表情がしっかりしていたので、励まされました。だから……あっ！」

ライラは、がばっと頭を下げた。

「イスを振り上げて、ごめんなさい。まさか、ジョゼが入ってくるなんて、思わなくて。てっきり、男たちだと思って……」

矢継ぎ早に言ったライラの袖をリンジェが引く。

振り向くと、泣き顔が苦笑していた。

ライラを黙らせたリンジェが、ジョゼへ顔を向けた。

「身体を洗ってから戻りたいと思います。ライラさまの身支度もありますから。馬車を……」

「わかった。待たせておこう」

「ご多忙とは思いますが、どうぞ、ご一緒に」

リンジェが頭を下げる。

「よし。隣の部屋で待とう」

歯切れよく答えたジョゼは颯爽《さっそう》と立ち上がった。

浴室を出ていき、扉が静かに閉まる。

「先に汚れを落とします」

リンジェは汚れた服を脱ぎ、さっきまでライラが身を浸していた水に入った。

「……違う子に、見える」

手早く身体を洗うリンジェは十四歳の少年だ。

だが、服を脱いだその身体は、しっかりと引き締まった筋肉に覆われていた。

しかも、あちこちに古傷を残している。

養い家族を失ったとき、彼も相応の傷を負ったのだ。

「光栄です」

蛇口から出る水に頭を突っ込んだリンジェは豪快に髪を洗う。

バスタブから出ると、手近に置かれた布で身体を拭い、腰に巻きつけて端を結んだ。

別の布で水を抜いたバスタブの中を手早く拭う。

「ライラさまもどうぞ」

「……俺は、さっき入ったばっかりだ」

「髪を洗って差し上げます。冷たい水がイヤでしたら、湯を用意させましょう」

「いいよ。水で」

有無を言わせない態度で勧められ、布を床に落として立ち上がった。リンジェは顔を伏せている。

「本当になにもされてないよ。……ジョゼも言ってただろ。俺は嘘が上手くない」

「わかってます。でも、洗わせてください」

リンジェの声は硬く、潔癖に聞こえる。

フェルディナンドの視線に晒《さら》されただけで汚れると言わんばかりだが、気持ちは想像できる。あれほど身勝手で意地汚い男はいない。

髪を水ですすぎ、身体は自分で拭った。

バスタブのそばで肌を拭いている間に、リンジェが衣服を揃えて戻ってくる。

彼はすでに長着を着用していた。

屋敷の備品なのか、長い布を縫い合わせただけのフリーサイズな長着だ。

頭からかぶって、腰に紐を結ぶ。

リンジェが着ると膝下だが、ライラだと膝が出てしまう。

下に穿《は》く長ズボンはライラの分だけだった。

「申し訳ありません。屋敷の者が不在で、下着とズボンが一着しか見当たらなくて……。

下着はぼくが穿きました」

ズボンでは、裾《すそ》を折って穿いても長すぎるからだろう。

「いいよ」

ライラは笑って承諾した。ミニ丈のワンピースのような長着だから、下着を渡された方が困る。

「……ライラさま」

身支度を調えたライラの髪の湿り気を、乾いた布でもう一度押さえたリンジェに呼びかけられる。

イスに座ったままで返事をしたが、話が始まる気配もない。

代わりにライラが口を開いた。

「あの本、あれはわざと置いたんだろう」

タイトルが簡略文字だった。誰が見ても、そのタイトルとわかるように作られた偽物だ。

愚かなフェルディナンドはまんまと騙された。

「……利用されたと思ってますか」

リンジェの声は沈んでいる。

「いや、それはない」

首を振って、リンジェを見上げた。

巻き毛の愛らしい少年の本性は、逞《たくま》しく身体を鍛えた、身も心も細マッチョな男だ。

しかし、服を着てしまえば、すっかり元の印象に戻る。鍛えた筋肉も、男を返り討ちにする特殊な攻撃力も想像できない。

「行こう、リンジェ。ジョゼが待っている」

落ち込んでいる手を摑み、まっすぐに顔を覗き込んだ。

人にはそれぞれ生き方がある。目的も違う。

二人は確かにライラを利用したかも知れない。

でもそれは、役割を果たすと信じたからだ。

「俺は二人の役に立てたなら嬉しい」

こんなことしかできないという言葉は飲み込んだ。

ライラにも信条がある。なければ、この世界では生きていけない。

そう思った。


浴室を出ると、窓際に立っていたジョゼが優雅に振り向いた。

「あとのことは心配ない。これですべて解決だ」

片手を差し伸べられ、ライラはごく自然に手を返した。

ぐっと握手してから、ジョゼの戸惑いに気づく。

(あ、手を繋ぎたかったのか)

手を貸すつもりで差し出したのだろう右手を握ったライラは、そのまま引き寄せて、軽く抱擁を交わした。

ごまかしついでに、背中を叩いて離れる。

「すべてじゃない。あの本だよ……。『リンガリンゴの紀行』だ」

ライラの言葉に、

「あると思い込んでいるだけなのでは」

二人のそばに控えたリンジェが言う。

「そうかな。フェルディナンドは存在を信じ切っていた。……ジョゼはどう思う」

「書斎にはまだたくさんの本が残っているだろう。それに、製本されているとは限らない」

冷静な意見だ。

「そうだね。うん、そうだ」

話がまとまり、リンジェが扉を開けようと入り口に近づく。

ジョゼに先を譲られたライラはとんでもないと後ずさる。王より先には歩けない。

身を引いたライラの視界に大きなベッドが見えた。

そこで辱めを受けたかも知れないと考えるとぞっとする。

しかし、きれいに整えられたベッドリネンはセンスがいい。

美しい黄色のカバーがかかり、真っ白なクッションが並んでいる。その頭上にかかっているのは、三つに分かれた額だ。

それぞれに絵が入っている。

ライラは足を止めた。目を細め、身体を引き、そして近づく。

「ジョゼ」

呼び止めると、戻ってくる。腰に下げていたサーベルはすでになかった。

「どうした？」

「この絵、ルブローデの文字に見える。簡単になっていない方の……」

ライラが日毎に書き記している、書斎の本のタイトルに使われている正式な古典文字だ。それに特殊な装飾が施されていた。

ジョゼが首を傾げる。

「隠し文字だ」

ライラは興奮して、声を弾ませた。

じっと見つめると色彩の中から文字が読み取れる。

それは『リンガリンゴ』と書かれていた。

「リンガリンゴ！」

ライラが叫ぶと、ジョゼとリンジェが顔を見合わせる。

視線で命じられたリンジェが軽やかにベッドに飛び乗り、絵をひとつずつはずす。

「持って帰ろう。絵を調べる」

ジョゼが言い、リンジェが三枚の絵を手早くはずす。

なにもなくなった壁を振り向いたリンジェが、その真ん中に近づいた。

壁をそっとなぞり、軽くノックした。続いて、少しズレたところをノックする。

二つを聞き比べ、ジョゼを振り向いた。

顔には満面の笑みを浮かべている。

「隠し棚があるかも知れません。壁紙を切ってもかまいませんか」

リンジェの申し出は許可され、ジョゼが携帯していた小型ナイフが渡される。

「……リンジェは、ジョゼの、どう言えばいいのかな……」

手早い動きを見ながら、ライラはつぶやいた。

（『右腕』じゃないし、『スパイ』は通じないし……）

振り向くと、ジョゼは肩をすくめた。

「あの子は『庭師』だ。ここでは彼のような存在をそう呼ぶ。普段はまわりと同じように暮らし、密《ひそ》かに活動を行うんだ。きみの世界ではなんと言うんだ」

「んん……近いのは……『忍者』かな？」

それも違う気がするが、思いつきで答えた。

しかし、ジョゼは怪訝な顔をするだけだ。きっと、言葉を聞き取れていない。

「にんじゃ、だよ。ニンジャ」

「動物の鳴き声のようだ」

ふっと笑い、繰り返しているライラの頬に指先を伸ばす。曲げた関節でそっとなぞり、すぐに離れていく。

「ありました」

壁紙の下から現れた小さな扉を開けたリンジェが、中から冊子を取り出した。

ジョゼではなくライラのもとへ、一目散に駆け寄る。

表紙もまた、複雑な絵で飾られていたが、そこに埋め込まれた象形文字はやはり『リンガリンゴの紀行』と記されていた。

＊＊＊

その三日後、書斎でも同名の本が見つかった。

中身は古典文字を使った詩文で、綴《つづ》られているのは伝承の数々だ。

ラレテイ家の別荘で見つかった冊子は、その伝承詩文の解読本だった。

「じゃあ、本当に、鉱脈が見つかったんですか？」

就寝前に訪ねてきたジョゼに知らされ、ライラは驚きの声を上げた。

「いま、早馬が着いたんだ。まだ規模はわからないが、手つかずの鉱脈だった」

「フェルディナンドが探していた……」

ライラは小さくつぶやく。

彼は正式な裁判が行われることになり、いまは牢《ろう》に繋がれている。

「それじゃあ、発掘した後の利益はすべて、国のものですか？　それはよかったですね」

純粋に国の収入が増える。

「無邪気だな、きみは」

弱く笑ったジョゼがイスから立ち上がった。扉に向かう気配を感じ、

「もう戻るんですか」

ライラは名残惜しく見送りに立つ。

「眠るところだったんだろう」

「嬉しい報告だったので、目が覚めてしまいました」

それを聞きつけたようなタイミングで、扉がノックされる。

ジョゼが開けると、トレイを両手で持ったリンジェが入ってきた。

扉を開けたのがジョゼだと知ると驚いたのと同時に、身を屈めた。

「ライラさまかと……ありがとうございます。酒をご用意して参りました」

よほど急いだのだろう。額にうっすらと汗をかいている。

「でも、ジョゼはもう……」

「せっかくだ。少し飲んでいこう」

ジョゼが、ライラの言葉を遮った。リンジェはサッとグラスの用意をして酒を注ぎ、どこかあたふたと部屋を出ていった。

「せっかくだから、一緒にと思ったのに……」

ルブローデでは何歳であっても酒が飲める。

「わたしと二人だと物足りないかも知れないが、今回の鉱脈発見はきみの手柄だ。乾杯させてくれ」

グラスを渡され、お互いの目の高さに掲げて口をつける。

甘い果実酒は匂いもよく、飲みやすい。

一息に飲み干すと、ジョゼが注ぎ足してくれる。

「……眠れているか」

ふいに静かな口調で問われた。

心配している理由がわからずに視線を向けると、

「あんなことがあった後は、時間が経つほどに心が苦しくなるものだ」

「……あぁ。心配ないです」

ライラはからりと言った。

「首を絞められただけで、他には、なにもされてませんから。裸を見られるぐらい、なんてことないですよ。男同士ですし。それよりは、リンジェの方を心配していたんですけど」

「彼は問題ない」

「そうなんですよね。それも拍子抜けです」

場慣れしているということなのだろう。

それほどの修羅場をくぐり抜けてきたのだと思うと、別の意味で心配になる。

「もしかして、ジョゼの方が眠れていないのでは？」

年下をからかってやろうと、そばに近づき、顔を覗き込んだ。前に立ち、見上げるだけでいい。

ジョゼの視線は、すっと逃げていく。

「……そんなショックなことが……？　そうか。そうですよね。あんな男でも乳兄弟で

「……」

「違う……誤解だ、そんな私情は持っていない」

ジョゼがその場を動こうとしたのに気づき、ライラは手を伸ばして上着の袖を摑んだ。逃がしたら、表情が読めなくなる。

ただでさえ、本音を隠し、嘘も平気でつく『王さま』だ。

「それじゃあ、なにが」

「……あの男に首を絞められていたきみを思い出すと」

ジョゼの表情に陰が差し込んだ。

そして、眉がきりりと吊り上がる。

眺めたライラの顔には、知らず知らずのうちに微笑みを浮かぶ。

「助けてくれたから。……信じていました。もしも、なにかが起こっても、俺の心は、ジョゼが救ってくれるって……」

自分で口にして、なにかが妙だと思った。言葉のせいだ。

日本語じゃないから、真意が伝わっていない気がする。

「あはは……。なんだろう。変だな。……あ、そうだ。リンゴって、俺の世界じゃ赤い果物なんですよ。禁断の実なんです。うっかりかじったら、いままでなにも知らなかった男女が……あれ」

これも変だとライラはくちごもった。

禁断の実を食べたアダムとイブは、お互いが裸でいることの恥ずかしさに気づく。そういう話だ。

「続きは？」

ジョゼが静かに聞いてくる。

彼にも、ライラの発音は、歌うように聞こえるのだろうか。きっと、ぎこちない旋律だ。

「それまで裸でいても平気だったのに、急に恥ずかしくなるんです……。お互いを意識してしまうから、禁断の果実っていって……」

ライラはうつむいた。ジョゼを見るのが急に恥ずかしくなる。

「酒に、酔ったかも……。強かったのかな。甘いから、一気にたくさん飲んでしまいました……」

ジョゼの上着から手を離して、テーブルへ近づく。グラスを置いて、大きく息を吸い込んだ。

「その果実をかじったら、お互いの肌を見ることが、平気じゃなくなるのか」

いつのまにか背後にジョゼがいた。

正確には、いつのまにか、じゃない。近づく気配をライラは感じていた。

なにより、ジョゼは、こっそり近づくような男じゃない。

いつでも正々堂々と、ライラのそばに近づいてくる。

「お互いを意識することは罪なのか」

「……いままでと同じじゃ、いられなくなる、から」

ジョゼもグラスを置く。片手がそっと、ライラの肩から肘へと、腕をなぞった。

ただ、服を撫でるように上から下へと動いただけなのに、ライラの身体は過剰に反応を返す。

びくっと身をすくめ、後ずさった背中がジョゼの胸にぶつかる。

待っていたように両腕の中に閉じ込められた。

耳元に聞こえる男の息づかいは、欲望を微塵《みじん》も見せずに清らかだ。

でも、ライラは知っている。同じ男だから、わかっている。

どれほどこらえて、どれほど耐えているのかを、知っている。

「きみが強い男でよかった。冷静に耐えてくれて、本当によかった。もしも、汚されることを恐れて命を絶っていたら、後悔もできない。初めから、話しておくべきだった」

「……そんなことしたら、失敗していましたよ」

ライラはうつむいて、閉じ込めるだけで抱きしめることをしない腕に指をかけた。

ジョゼは紳士だが、それ以前に絶対的権力者だ。

欲しいと思えば、どんな手を使っても許される。

フェルディナンドのように欲望を剝《む》き出しにしても、それでも許される、たったひとりの男だ。

なのに、そうしない。

理性を留《とど》め、冷静に、極めて物静かに、口説くことも恐れて立っている。

たった一度の過ちが、二人の関係を壊してしまうと、彼は誰よりもよく知っているのだ。

賢明で清廉な、ルブローデの君主。

「俺が、あのとき……、冷静になれたのは……」

ライラはぼそぼそとつぶやくように声を発する。

音にすればルブローデの言葉で、ライラの声だ。

しかし、頭に浮かんでくるのは、慣れた日本語の響きだった。そして、いまはもうよくわからなくなってしまった、自分の声でつぶやく。

「俺を待つと言った、ジョゼを信じたから……。なにがあっても、元通りだと、思った」

小さく息を吸い込み、ジョゼの腕を胸にぎゅっと引き寄せた。

抱き寄せて、抱きしめる。

「好きだから、好きだと思ったから……。それだけを、信じて……」

涙が溢れてこぼれ落ちる。ゆっくりとジョゼの腕に力が入り、髪にくちびるが押し当てられた。

歌うように、ジョゼがなにかをささやいた。

初めて聞く言葉ばかりだ。なにを言ったのか、わからない。

ただ、とても美しく聞こえ、身体を反転するように促されるのにも、身を任せた。

頬を片手に包まれ、すり寄るようにしながらジョゼを見つめる。

近づいてくるくちびるを自分から迎え入れて、キスを受けた。

「……さっき、なんと言ったんですか。聞き取れなくて」

ジョゼはまた早口に繰り返した。

聞き取れないまま、腰を抱き寄せられる。衣服越しに互いの熱を感じ、ライラは視線をそらした。

「わたしを受け入れる心の準備が整わないなら、いくらでも断ってくれていい」

「……そのうちに、あきらめがつきますか」

「さぁ、わからない。……しかし、きみがそう願っても、難しそうだ。……愛しているんだから」

その響きは、さっきの早口にどこか似ている。

きっと愛の告白だったのだろう。

聞き取れないことを残念に思いながら、ライラは覚悟を決めて息を吸い込んだ。

「あなたを好きだって、言いましたよ。だから、……心の準備なんて、ずっと、できない」

「どうして」

「こうしているだけで恥ずかしいし、胸が痛いし……」

なにより身体が興奮している。

言葉で表現できず、ライラは前へ進み出た。ジョゼの腰に、自分の腰を押し当てる。

そのまま、ゆっくりとこすりつける。

同じ高さじゃないから互いの熱は触れ合わない。

「きみの世界の流儀なのか……」

ジョゼがつぶやくように聞いてくる。

そんなことはないが、もう説明するのも、もどかしい。

「恥ずかしくて逃げてしまいそうです。……だから」

ぐいぐいとジョゼを押して、ベッドへ近づく。

「ライラ……」

「俺は、ここのやり方なんて知りません。王さまとの作法も……。でも、いまがいいです。いますぐ……したい」

「きみは、わたしの愛する相手だ。この件に関しては、きみの方がずっと偉い。きみの望みのままに……」

「……この前と同じことを、俺も、ジョゼにしたい。……その後は」

最後までするのだろうか。

繋がる場所はひとつしかない。

「ここで、わたしを受け入れることになる」

ジョゼの手が、寝間着のズボンをたどる。尻《しり》の間をそっとなぞった。

やっぱり、やり方は変わらない。

「む、無理……かな」

腰に感じているジョゼはかなり大きい。

それを入れるなんて、想像するだけでこわかった。

「きみのためだ。上手にするよ……」

ささやかれたライラは、自分でも驚くほど興奮した。ジョゼの声に男の欲が混じって聞こえたからだ。身体の中心に熱が集まり、たまらずに腰を引いた。

しかし、ジョゼの手に腰の裏を押さえつけられる。

そこに入ってくるのだと思うと、頭の中が混乱した。ひとりで繰り返した自慰の快感が甦《よみがえ》り、頭が沸騰しそうになる。

「や、やっぱり……準備とか、してからの方が……」

「平気だよ。いますぐでいい」

ジョゼは引かなかった。

当たり前だ。もうすでに許しは得ている。ここで身を引くほど、彼は愚かな男じゃない。

「ジョゼ……、その……」

「きみの本音はもう聞いた。恥ずかしいのも、わかってる。……あれほど、男同士を嫌がっていたんだから、いろいろあるだろう。……もうなにも言わないで、今夜はわたしに任せてくれ」

くちびるにキスをして、ジョゼは微笑んだ。それが欲望を隠す精一杯の微笑みだと気づき、ライラの胸は壊れそうに高鳴った。

（と、ときめく……っ）

胸に渦巻く思いがはち切れてしまいそうで、ライラはただひたすらに首を縦に振る。

ジョゼの腕に、ぎゅっと抱き寄せられた。

「部屋の明かりを消して、服を脱いでからベッドの中に入っていて……。きみを柔らかくするための薬を取ってくるから。……リンジェの部屋にある」

よほど不安な目を向けてしまったのだろう。

笑ったジョゼは、嬉しそうに身を屈めた。額にキスをして隣の部屋へ消えていく。

その間に、ライラは部屋の明かりを消して回った。

残すのはベッドのそばのランプだけだ。

寝間着を脱ぎ、悩んだが下着も取って全裸になった。布団の中に入ってジョゼを待つ。

それほどの時間を空けず、ジョゼは戻ってきた。

扉の方を向いて横たわるライラに気づくと、驚いたように立ち止まった。

「恥ずかしがっているんじゃ、なかったのか」

背中を向けていると思ったのだろう。

笑顔を見せながらベッドへ近づき、手のひらよりも大きな容器をベッドサイドに置いた。

潤滑油の類《たぐ》いだろう。ローションの代わりだ。

「わたしの方が恥ずかしくなるから、あちらを向いていてくれ」

そう言われて、ライラは笑った。嘘だと知っている。

万が一にも欠点のない王だ。

誰の前で服を脱ぐにも、恥ずかしさなど感じるはずがない。

それでも従って、背中を向ける。

衣服を脱ぐ音がして、薄掛けの端が持ち上げられた。

ライラは自分の前を手で押さえ、横たわったままで身を屈めた。

緊張しているのに興奮してしまって、痛いほどに膨らんでいる。

「……ライラ」

背後から近づいてきたジョゼのキスが耳の後ろに触れる。抱き寄せられ、押さえ隠している手の下へと指が忍んだ。明け渡しながら、仰向けになる。

寄り添ったジョゼのキスに応《こた》え、ライラは舌先を自分から絡めた。

「んっ……っ」

男の大きな手のひらで昂ぶりが摑まれ、根元からゆっくりと扱《しご》かれる。それがもう、腰砕けになるほどの快感で、ライラは息を引きつらせながら首を左右に振った。

「あ、あっ……ん」

「気持ちよさそうだ。……きみは、自主学習が得意だから……。自分でもしてみたんだろう。どんなふうに？」

手が戻され、自分で握らされる。

「ジョゼ……」

「ちゃんと手伝うから」

息が首筋にかかり、そして、指先が胸をそっとなぞった。

「あぅ……っ」

乳首をちょんと押され、腰が浮く。

「……はっ、ぁ……あっ」

ライラはふるふると髪を揺らした。

（ヤバい……、いちいち……っ）

気持ちがいい。

ライラの身体だからと思ったが、かつて向こうの世界で味わった快感をたぐり寄せている自分にも気づいていた。

あの身体も乳首を刺激されたら、むずむずしていた。それを快感だと思わなかったのは、触り方のせいだ。

ジョゼは確かに上手い。ただの息づかいにさえ、ライラの身体は興奮する。

（俺も……っ）

手で自分自身を愛撫《あいぶ》しながら、そう思った。頭の中がジョゼでいっぱいになり、全身で相手を感じたいと飢えてくる。

「あっ……あぁ、ジョゼ……っ」

腰が突き上がり、胸を反らした。ふいに吸いつかれ、息が詰まる。

舌先が乳輪をなぞり、小さく尖《とが》った乳首を転がされる。

「はっ、ぁ……ぁん、んっ」

「もう出したくなってきたか？　我慢できそうなら、繋がって、一緒に……」

そうささやかれたが、絶望的に無理だった。

欲望に満ちたジョゼの顔を見た瞬間、腰がビクビクと震え出す。

「あ、あっ……い、くっ……」

止めようと手で握りしめたが、腰の方が動いてしまう。

「あ、あ、ぅ……っ」

射精の勢いで目尻に涙が浮かぶ。ジョゼを責めるように見ると、目を丸くしながらもまぶたの端にキスが落ちる。

「わたしのせいか？　そうか……」

含み笑いをしながら、ジョゼが薄掛けを剝いだ。クッションの下を探り、ティッシュ代わりに置かれている布を引き出す。

ライラの手と下半身を、さっと拭いた。

「ごめんなさい……。我慢ができなくて」

素直に謝ると、ジョゼの眉根がきゅっと寄った。なにかをこらえる顔になり、細く息を吐き出す。

「そんなことで謝る必要はない。いくらでも機会はあるんだ。……そうだろう」

抱き寄せられ、背中に指が這う。急いで繋がる必要もないと考えたのだろう。

ジョゼの指は、ライラの身体をくまなく確かめ始める。

指でなぞられ、手のひらに撫でられ、そして、鍛え上げた身体で迫られる。

「あっ……くっ……えろぃ……」

「『エロ』は向こうの言葉か？」

短い単語を拾われる。

「い、いやらしい、って、意味……っ」

喘ぎながら、ジョゼの胸を押し返した。いつのまにか、互いの足がもつれ合っていることに気づく。

「ライラも、エロいよ」

「ち、ちがっ……」

「なにが」

「『エロい』は、王さまが使うような、上品な言葉じゃ……」

「じゃあ、二人で下品になろう。もっと、その言葉が似合うぐらいに」

ジョゼに膝を開かされる。閉じようとしても、すでに逞しい身体がそこにある。

布団をはねのけ、枕元の容器を引き寄せたジョゼは、中身を指にすくい取った。半透明の軟膏《なんこう》だ。それを割れ目の奥へと塗りつけられる。

「……はっ……ぁ」

どういう効果があるのかはわからなかったが、ただの単純な油ではない。こすりつけられているうちに熱を帯び、男の指がつぷりと差し込まれた。

ジョゼは無理に顔を見ようとせず、身を屈めたライラをそのままにする。

後ろをいじっていない手は、まだ全身を優しく愛撫していて、緊張する気持ちがほぐれた。片手で捕まえ、指を絡める。

「ライラ、それでは、きみをかわいがることができない」

「……いいからっ」

目に溜めた涙を拭いもせず、ライラは喘いだ。

自分から足を開き、膝を胸に引き寄せる。

「もう、熱い……っ。エロい、からっ」

ジョゼを見つめ、それ以上は言わなかった。

「無理はしないでいい。こっちを向いて」

キスをされながら、ジョゼが自分自身にも軟膏を塗り伸ばしていると悟る。

ライラはもう我慢ができず、ジョゼの首筋に手を伸ばした。

「して……。もう、入れて……」

軟膏のせいだと思いたかった。身体中が熱を帯び、その瞬間を待っている。

ジョゼが欲しくてたまらなくて、ライラは涙をこらえながら求めた。

切っ先があてがわれ、ぐっと体重がかかる。

ほぐされた場所は、それでも初めての衝撃に備えて硬い。

「力を抜いて。ライラ……気持ちよくする。必ずだ」

信じて欲しいと甘くささやかれ、ライラは息をゆるく吐き出す。それに合わせて、ジョゼが身体を前に出した。

ぐぐっと入り口がこじ開けられ、

「あぁっ……」

のけぞりながら逃げようとした腰を引き戻される。

「いっ……ぁっ……」

声にならない声が喉に詰まり、背中がのけぞる。それでも、ジョゼがねじ込まれ、衝撃に耐えたライラは細い息を繰り返す。

身体の内側から広げられ、軽く揺すられるだけでも違和感が募る。

「い、や……っ」

胸を押し返そうとした手ごと、ジョゼに抱き寄せられる。

「苦しいか……。許してくれ」

どうして謝るのかといぶかしんだライラは、その背中に腕を回した。緩く編んだ三つ編みに指が触れる。

(知ってる……わかってる)

心の中で繰り返した。

愛されているからだ。

愛している相手だから、ジョゼもこらえが利かない。きっと、他の誰とするよりも、膨張しているはずだ。

「うご、いて……。ジョゼ……、いいから」

愛《いと》しさがはぜて、ライラはたまらずに求めた。

「まだ無理だろう。こんなに狭い……」

「あ、あっ……」

揺すり上げられ、しがみつく。じわじわっと快感が生まれ、腰まわりが重く焦れる。

「ライラ……きみの中は、すごい……」

「やっ……ぁ」

互いの身体が馴染《なじ》み始め、揺すり上げる細かい動きから、強い突き上げへと動きが変わっていく。快感についていけず、ライラは喘いだ。

涙がぽろぽろとこぼれたが、なぜ泣くのか、自分でもわからない。

快感はじれったく募り、初めてのことにどう反応していいのかもわからない。

動きに翻弄《ほんろう》されて快感を覚え、ジョゼにしがみついたり、シーツを掴んだりしてやり過ごす。

「あっ、あっ……い、ぁ……っ」

「ライ、ラ……っ、はっ……」

ジョゼの汗が肌に降りかかり、足が押し開かれる。苦しさよりも愛おしさが強くなり、ライラはもうすべてを晒してもかまわなかった。

「あぁ、いい……きもち、いっ……」

恥ずかしさも忘れて、ただこの瞬間の欲望に従ってジョゼを求める。

「……もう、出すよ……」

熱っぽく許しを求められ、引き寄せたシーツに顔を埋めながらうなずく。汗ばんだ身体がジョゼの昂ぶりを締め上げてうねった。

「あっ、あっ……ジョゼ……っ、ジョゼ……っ」

ライラの甘い声を他人のように聞きながら、それでも喘いでいるのは自分だと、快感の中で自覚していた。

終わった後で、強く抱きしめられ、ライラは身をよじった。

汗だくの身体を申し訳なく思ったからだ。

しかし、濡れているのはジョゼも同じだった。

全速力で走りきった後のような男の息づかいを聞きながら、目を閉じる。

初めての快感を知ったこと以上に、自分が愛を知ったことに感慨を覚えた。

赤い実を食べて恥ずかしさを知っても、その最後に手にした愛情がすべての罪を消していく。禁断の木の実も、恋と愛には勝てない。

「ライラ……」

ジョゼの指が、濡れた髪を掻き分ける。

額にキスが押し当たり、ライラはそのままくちびるを求めた。

「本当のきみは、どんな外見をしていたんだ」

「……聞かない方がいいんじゃないですか」

弱く笑って、話をそらす。

「どうして。……きみのことはなんでも知っていたい」

「背は、ジョゼより低かったけど、腕は俺の方が太かったかも。あと、足も」

「この身体も鍛えるつもりか」

見つめてくるジョゼの瞳は穏やかだ。

「困りますか？」

ライラが聞くと、ジョゼは肩をすくめた。

「好きなようにするといい。でも、あまり太くはならない身体だろう。期待しない方がいい」

「あぁ、そうかも知れないですね」

筋肉トレーニングに特化した器具があるわけじゃないし、華奢なライラの身体を鍛え上げるのは苦労しそうだ。

「……ジョゼ。ひとつ、聞いてもいいですか」

髪をかきあげながら、ライラは身を起こした。

ジョゼも起き上がる。長い髪がほどけて、逞しい肩に流れている。その凜々しさに、ライラは目を細めた。

(好きだ……。本当に、俺、この男のことが、好きだ)

胸の奥に熱いものが込み上げて、視界がゆらゆらと揺れる。

「ライラ。なにか悪いことを言ったか」

「そうじゃ、ない……。優しいから。ジョゼは優しいから」

「きみが好きだからだ。心から好きだ」

優しい声でささやきながら、そっと涙を拭われる。

「俺が向こうの世界から来たって、本当に信じてくれるんですね」

「初めから半分は信じていたよ。それでも、すべては信じられない。それがわたしの立場だ。……疑っていたのに、まるで怒っていないきみの方がよっぽど心が広い」

両手で頬を包まれて、顔を覗き込まれる。

「きみが、向こうの世界では十も年上だと聞いて、内心は焦った。……こんなに聡明《そうめい》な男が、わたしのような年下を選ぶだろうかと……そう思った」

だから、驚いた様子も見せなかったのだ。

(それに……)

彼は感情を見せないようにして生きている。と、ライラは思った。

(俺にだけ、本当の顔を見せてたんだ)

王としてではなく、ジェフロワ＝バルデュスとして、ひとりの青年として、彼は夜毎に会話を楽しんでいた。それがどれほど珍しいことなのかはわからない。

「選ぶよ。選ぶに決まってるんだよ」

ライラは笑いながら両手を差し出した。目の前の男の、張りのある肌に触れる。肩から首筋、そして頬。

「俺は、ジョゼを年下だと思ったことはない。だって、すごいんだ。ちゃんと王さまだし、冷静だし、優しいし。俺は、本当に、尊敬してるよ」

顔を近づけて、あごの先にそっとキスをする。

ライラの外見だからできることだ。元の自分を想像したら、とてもじゃないができない。だから、この身体でよかったと心から思う。

「わたしのそばにいておくれ。ライラ」

甘い言葉がくちびるの端に当たって弾ける。

くすぐったさに身をよじると、逃げないように顔を押さえられた。

真剣な瞳がまっすぐに見つめてくる。

「結婚しよう。ライラ」

「……そんなこと、思いつきで……」

「服も着ずに礼儀知らずだと思うだろう。でも、いま言いたい。この瞬間がいい」

またひとつ、ジョゼが感情をあらわにする。信頼が深くなったようで、ライラの胸も熱くなっていく。

男だけどいいのかと問いそうになり、言葉を飲み込んだ。

ジョゼのくちびるに指で触れる。

「俺のどこがいいんですか」

「……男らしいところだ。年齢が上だと聞いたとき、納得した。わたしはずっと、きみのように支えてくれる人を探していたんだろう。そのことに気づかされた」

「きれいな顔じゃなくて？」

自分で言っておきながら、嫌味だと思う。

でも口から出てしまったものは取り消せない。

静かに微笑んだジョゼが、ライラの鼻の先を軽く摘《つ》まんでくる。

「きみの顔が美しいのは、きみの心根の表れだ。わたしには真実が見える。……きみの心を愛している。もちろん、快感を与えてくれる、この素晴らしい身体も」

肩にキスをされて、ライラはぶるっと震えた。

ジョゼを軽く睨みつけて、くちびるを尖らせる。

「……ジョゼ。……結婚式も、ドレスはイヤだ……」

「知ってるよ。リロンザに頼んで、きみに似合う、とっておきの花婿衣装を用意しよう」

どうせ、ルブローデでは、男も女もフリルたっぷりだ。

「結婚、します。俺は、あなたのものになりたい……」

「わたしもきみのものだよ、ライラ」

ほんの一瞬、ライラの名前が日本語の発音に近くなる。

(そんなこと、どうでもいい)

心からそう思えた。まるで魔法にかかったように、元の世界に対するコンプレックスやこだわりが消えていく。

(向こうにはジョゼがいない。彼はここの人間だから)

ライラはただ、ここで生きていく。

元の世界にも愛してくれる人はいた。好きな人たちもたくさんいた。

けれど、愛し合えたのはジョゼだけだ。

(これが、俺の運命だ)

生まれて初めて、北島来人は自分自身の人生を誇らしく感じていた。

ルブローデの丘の、後宮の、寝台の上で。

愛する男に抱かれ、そして彼を抱き寄せ、いまはもう遠い故郷を、ゆっくりと過去にした。

金色の長い髪を指に巻きつけて引く。くちびるは甘くとろけるように重なった。

終わり

あとがき

こんにちは、相内八重です。

新作を手にとっていただき、ありがとうございます。

転生、スパダリ、溺愛生活。あれこれと詰め込んだ異世界トリップものです。

オメガバース設定ではないので、今後、ライラとジョゼの子どもが生まれることはないのですが、しばらく甘い新婚生活を楽しんだ後、王家の血筋を引く子どもを養子に迎えるんじゃないかと思います。

そしてジョゼの溺愛は、これからが本番ですね。

最後になりましたが、本書の刊行に携わってくださった方々に感謝しつつ、最後まで読んでくださった読者の皆さんにも心からお礼申し上げます。ありがとうございました。

相内八重

ラルーナ文庫

この本を読んでのご意見・ご感想・ファンレターなどお待ちしております。**〒111-0036 東京都台東区松が谷1−4−6−303 株式会社シーラボ「ラルーナ文庫編集部」**気付でお送りください。

本作品は書き下ろしです。

転《てん》生《せい》したらスパダリ王《おう》と溺《でき》愛《あい》生《せい》活《かつ》が待《ま》っていた件《けん》

2019年9月7日　第1刷発行

著　　者｜相内《あいうち》 八《や》重《え》
装丁・DTP｜萩原 七唱
発　行　人｜曺 仁警
発　行　所｜株式会社 シーラボ
〒111-0036　東京都台東区松が谷 1-4-6-303
電話　03-5830-3474／FAX　03-5830-3574
http://lalunabunko.com
発　　売｜株式会社 三交社
〒110-0016　東京都台東区台東 4-20-9　大仙柴田ビル 2 階
電話　03-5826-4424／FAX　03-5826-4425
印刷・製本｜中央精版印刷株式会社

ISBN978-4-8155-3220-8